Aria & Die goldene Sanduhr der Zeit

2

Antstudio
SANSOBEE

papertoons

Aria & Die goldene Sanduhr der Zeit

냠냠
MAMPF
냠냠
MAMPF
냠냠
RÜLP
냠냠.
Mein Fräulein ...

풀썩
PLUMPS
탁
TACK!
Wie bitte? Das alles?
Ja. Such dir was aus und verteil den Rest an die anderen Dienstmädchen.
KLACK
달각
A... Aber mein Fräulein, ich habe nur das beste Gebäck für Euch vorbereitet. Wie könnte ich es wagen ...

Ich habe extra so getan, als würde ich es essen wollen, damit du keine Kosten scheust.
Der Vorfall mit dem Kutscher hat für großen Aufruhr gesorgt. Ich hoffe, dass ich euch mit dem Gebäck eine kleine Freude machen kann.
AUSSERDEM WIRD MIR ALLEIN VON DEM GERUCH ÜBEL, DA ICH VOR FÜNF MINUTEN BEREITS ALLES IN MICH REINGESTOPFT HABE.
HOHO
GERÜHRT
Fräulein Aria ...
DA ICH DIE ZEIT ZURÜCK-DREHEN KANN, KANN ICH MIR NACH HERZENSLUST DEN BAUCH VOLLSCHLAGEN, OHNE DASS ICH SATT WERDE ... KÖNNTE ES ETWAS BESSERES GEBEN?
Ach, mein Fräulein.
Als ich das Dessert holen ging, habe ich auch gleich das Buch mitgebracht, welches Ihr bestellt habt.
Oh, es ist schneller angekommen, als ich dachte.
HMM
Hmm ...
SEHR GUT, ES IST NICHT ALLZU SCHWER ZU LESEN.
ICH BIN ZUVERSICHTLICH, DASS ES MIR WEITER-HELFEN WIRD!

DIE WIRTSCHAFTSBÜCHER, DIE WIR ZU HAUSE HABEN, SIND VERALTET UND BEINHALTEN VIELE ALTMODISCHE AUSDRÜCKE, DIE ICH NICHT VERSTEHE ...
AUS DIESEM GRUND HABE ICH EIN EINFÜHRUNGS-WERK BESTELLT, DAS EIGENTLICH FÜR KLEINE JUNGEN BESTIMMT IST.
ÜBERLEBEN IN DER WIRTSCHAFTSORIENTIERTEN GESELLSCHAFT - WAS IST WIRTSCHAFT?
하아 SEUFZ
WARUM WURDE ICH NUR NICHT ALS MANN WIEDERGEBOREN?
SCHLIESSLICH STEHT ES NUR MÄNNERN ZU, AN DER AKADEMIE ZU STUDIEREN ...
BLÄTTER 펄럭
ABER MICH ZU BESCHWEREN BRINGT MICH NICHT WEITER.
HMM
HMM
ICH HABE DAS LETZTE MAL SO GETAN, ALS HÄTTE ICH EINFACH NUR GERÜCHTE WEITERERZÄHLT.
ABER DIE GLAUBWÜRDIGKEIT VON INFORMATIONEN HÄNGT VON DER PERSON AB, DIE SIE VERBREITET.

Vater, ich habe gehört, dass uns ein Nachbarland in ein paar Jahren angreifen wird.
Hoho, die Menschen reden viel, wenn der Tag lang ist.
Das sind lediglich Gerüchte.
Mir wurde gesagt, dass ein Nachbarland uns in ein paar Jahren angreifen wird.
DREH
Bitte? Gab es denn schon irgendwelche Anzeichen?
Erzähl mir mehr.
SO WÜRDE ES UNGEFÄHR ABLAUFEN.
DA ICH MEIN GESCHLECHT NUN MAL NICHT ÄNDERN KANN, MUSS ICH MIR IN BEREICHEN WIE WIRTSCHAFT, POLITIK UND GESCHICHTE MEHR WISSEN ANEIGNEN ...
HMPF
... DAMIT DER GRAF MEINE RATSCHLÄGE ERNST NIMMT .
ICH BRAUCHE SO EIN WISSEN AUCH, UM ERNSTE UNTERHALTUNGEN MIT IHM FÜHREN ZU KÖNNEN.
HAHA
ICH MUSS ABER AUFPASSEN, DASS ER AM ENDE NICHT FÜR MEINE RATSCHLÄGE GEPRIESEN WIRD, WÄHREND ICH BLOSS ALS AUFMERKSAME TOCHTER DASTEHE.
ALSO MUSS ICH EINE GRUNDLAGE SCHAFFEN.
GENAU.
ICH WERDE GESCHÄFTE TÄTIGEN.

ICH ERINNERE MICH AN EINE DAME, DIE SICH NICHT UM IHR AUSSEHEN GESCHERT HAT.
SIE LEGTE NUR WERT AUF IHREN BESITZ UND STATUS, OBWOHL ALLE HINTER IHREM RÜCKEN ÜBER SIE GEREDET HABEN.
MICH EINGESCHLOSSEN.
ICH WAR DAMALS DER FESTEN ÜBERZEUGUNG, DASS ES DAS GRÖSSTE GLÜCK WÄRE, ALS SCHÖNE FRAU AUF DIE WELT GEKOMMEN ZU SEIN.
EIN HÜBSCHES GESICHT GLEICHT JEDOCH GIFT.
DA ICH VON MEINEN MITMENSCHEN VERHÄTSCHELT WURDE, VERLOR ICH DIE REALITÄT AUS DEN AUGEN.

ABER IN DIESEM LEBEN WERDE ICH NICHT DEN GLEICHEN FEHLER BEGEHEN!
KRALL
ICH WERDE MIR WISSEN ANEIGNEN!
ES ... ES GEHT UM KAPITAL! VERMÖGEN, DAS NUR ICH BESITZE!
LODER 열심
LODER 열심
GELD IST MACHT!
DAFÜR WERDE ICH LERNEN!
Mein Fräulein ...
Ja?
Es tut mir leid, dass ich Euch beim Lesen unterbreche, aber ...
Jetzt sag schon.
Ähm ... Ist es wirklich in Ordnung, nur solch eine kleine Feier für Euren Geburtstag zu veranstalten?
Ich finde, dass sie etwas größer sein könnte...
Wenn man sie mit der Feier vom letzten Jahr vergleicht ...
PENG 펑!

WOAH
Du meine Güte ...
PENG
FLÜSTER
Es wird nicht ohne Grund gesagt, dass sie der Parasit der Familie Roscente ist ...
Sie schmeißt das Geld wirklich aus dem Fenster.
WOW
FLÜSTER
FLÜSTER
SANDUHR ... WARUM NUR HAST DU MICH NICHT IN DIE ZEIT ZURÜCKGEBRACHT, IN DER ICH NOCH NICHT TEIL DER GRAFENFAMILIE WAR ...?!
Mein Ich vom letzten Jahr ...!
Da Ihr letztes Jahr solch eine große Feier veranstaltet habt und dieses Jahr nur im kleinen Kreis feiern wollt ...
... wollte ich nur sichergehen.
WANN WIRD JESSIE ENDLICH VERSTEHEN, DASS ICH MICH WIRKLICH VERÄNDERT HABE ...?
SEUFZ
Nicht doch. Es reicht aus, ein Essen mit den jungen Damen zu organisieren, die ich dieses Jahr kennengelernt habe.
Achte bitte darauf, Essen zu servieren, welches sie mögen.
Und vergiss nicht den Nachtisch.
Jawohl ...

Sagt bitte Bescheid, falls Ihr Euch umentscheiden solltet. Ich werde mich darum kümmern!
쾅! BALL
Das ist nicht nötig ... aber trotzdem vielen Dank.
Wenn das alles ist, kannst du jetzt gehen.
탁 TACK
MIELLE HAT DIREKT NACH MIR GEBURTSTAG. ICH DARF ALSO NICHT ZULASSEN, DASS ICH WIEDER SO VIEL KRITIK ERNTE WIE LETZTES JAHR ...
WENN ICH MEINEN STATUS ERST ERHÖHT HABE, KANN ICH NOCH GENUG ALBERNE VERANSTALTUNGEN PLANEN.
MOMENTAN HABE ICH KEINEN NUTZEN DAFÜR.
우물 MAMPF
우물 ... MAMPF
ZUNÄCHST SOLLTE ICH VIEL LERNEN ... UND MEIN IMAGE AUFPOLIEREN.

팔랑 BLÄTTER ...
Urgh ... ist das kompliziert.
Nein, reiß dich zusammen ... du schaffst das!
Wenn ich es beim zehnten Mal nicht verstehe ...
... muss ich es halt hundert Mal lesen!
중얼 MURMEL 중얼
MURMEL 중얼
Streng dich an, Aria!
UFF
ZWITSCHER 짹
ZWITSCHER 짹
ZWITSCHER 짹
다그닥 TRAB
활짝 STRAHL
!
다그닥 TRAB
Fräulein Sarah!

두다다
FLITZ!
Fräulein Sarah!
와락
UMARM
Aria! Du begrüßt mich noch immer so wie bei unserem ersten Treffen.
Habe ich dir etwa keine guten Manieren beigebracht?
KYAA
Nicht doch! Ich konnte mich nur nicht zurückhalten, als ich Euch gesehen habe ...
Wie wäre es dann, wenn wir uns noch einmal höflich begrüßen?
KICHER
다소곳...
KNICKS
RASCHEL
Wie geht es Euch, Fräulein Sarah?
방긋
LÄCHEL
Danke, es geht mir ausgezeichnet, Aria.
Wollen wir uns oben weiter unterhalten? Hier unten ist es ein wenig frisch.
Deine Hände sind ja ganz kalt, Aria.
훈훈
LÄCHEL
ES MAG ZWAR ANFANGS SO GEWIRKT HABEN, ALS HÄTTE ICH GESCHAUSPIELERT ...

... ABER ICH FREUE MICH WIRKLICH, DICH ZU SEHEN, SARAH!
EGAL, WIE SEHR ICH MICH AUCH UMGESEHEN HABE, ES GIBT NIEMANDEN, DER SO VERLÄSSLICH IST WIE DU!
ICH MUSS DIR LEDIGLICH INS GESICHT SEHEN, UM BEEINDRUCKT ZU SEIN ...!
Was wünschst du dir eigentlich zum Geburtstag? Vielleicht ein Kleid oder ein Accessoire?
Nicht doch, so etwas ist nicht nötig.
Stattdessen ...
?
... würde ich mich sehr über ein besticktes Taschentuch von Euch freuen.
Du meine Güte ...
Ist das wirklich in Ordnung? Wie viele soll ich dir sticken? Zehn? Hundert??
WUSCH
Natürlich ist das in Ordnung!

우물
ZÖGER
쭈물
ZÖGER
Es mag zwar zu viel verlangt sein, aber ... ich hätte gerne ein Taschentuch mit vielen unterschiedlichen Mustern.
Und ... ich weiß nicht, ob es mir erlaubt ist, Euch darum zu bitten, aber ...
... ich würde mich wirklich darüber freuen, wenn Ihr das gleiche Taschentuch hattet.
...!
Also soll ich dir zwei Taschentücher besticken?
Ja. Ich weiß, das ist sehr aufwändig, aber ...
... ich denke, dass ich mich Euch mit so einem Taschentuch noch viel verbundener fühlen würde ...
부끄
PEINLICH
부끄
PEINLICH
Ach, ich werde ganz verlegen, weil ich das Gefühl habe, dass nur ich das so sehe ...
Es tut mir leid.
Es ist recht schamlos, Euch um ein Geschenk zu bitten ...
... welches unsere Bindung zueinander zur Schau stellt, nicht wahr?
Aria ...!
쿵
POCH...!
Ich mag dich auch sehr, Aria. Ich hoffe, dass wir für den Rest unseres Lebens befreundet bleiben können.

Wirklich? Es freut mich, das zu hö...
WUSCH
NACH DEINEM SOZIALEN DEBUT WIRST DU MIT DEM MARQUIS EINE BEZIEHUNG EINGEHEN UND SEHR BESCHÄFTIGT SEIN.
ICH GEHE DAVON AUS, DASS DU UM DIESE ZEIT DAS TASCHENTUCH GESTICKT HAST, WELCHES SEINE AUFMERKSAMKEIT WECKTE. DANK DIR WERDE AUCH ICH EINE BEZIEHUNG ZUM MARQUIS AUFBAUEN KÖNNEN.
ES FREUT MICH ABER, DASS DU SO EIFRIG BIST.
STRAHL
Ich werde mein Bestes geben, die Taschentücher so schön wie möglich zu sticken!
Ich werde mein ganzes Herzblut reinstecken!
DRÜCK
V... Vielen Dank, Fräulein Sarah! Ich freue mich schon drauf!
Ich freue mich viel mehr auf Euer soziales Debut als auf meinen Geburtstag!
Mein Debut?
ZIEH
Um ehrlich zu sein ... freue ich mich nicht wirklich darauf.

Warum nicht? Ich habe im Gefühl, dass bald etwas Großartiges passieren wird!
Alle werden sehen, wie elegant Ihr seid, Fräulein Sarah!
BESSER GESAGT WIRD DER MARQUIS SEHEN, WIE GUT IHR STICKEN KÖNNT!
DA SICH DAS LEBEN VON UNS DAMEN NUR DARUM DREHT, DEN EIGENEN STAND DURCH EINE EHE ZU VERBESSERN, SOLLTE MAN ZUMINDEST EINEN REICHEN MANN HEIRATEN, DER EINEN LIEBT … UND KEINEN ARMEN ARISTOKRATEN VOM STADTRAND.
So ist nun mal das Leben …
서먹
VERLEGEN
Vielen Dank, dass du so denkst.
조용…
STILLE
ICH SOLLTE AUFHÖREN.
ES BRINGT NICHTS, WENN ICH DIE EINZIGE BIN, DIE SICH AUF IHR SOZIALES DEBUT FREUT.

Was wollt Ihr denn als Erstes tun, sobald Ihr erwachsen seid?
Das soziale Debut bedeutet ja auch, dass man erwachsen wird!
활짝
STRAHL
Ich ...
... würde gerne Kinder unterrichten.
Was? Mir?
Genau. Mir ist der Gedanke gekommen, während ich dich unterrichtet habe.
Ich möchte gern eine Lehrerin werden, die so niedliche und nette Kinder wie dich unterrichtet.
NEIG
Also möchtet Ihr Lehrerin werden?
Ja. Und das habe ich dir zu verdanken, Aria.

ICH TUE DOCH NUR SO, ALS WÄRE ICH EIN LIEBENSWÜRDIGES KIND ...!
Oh, nein ...
ABER ... DAS HAT MICH SEHR ÜBERRASCHT. ICH WUSSTE, DASS SIE MICH NIEDLICH FINDET ...
HMM
... ABER ICH DACHTE, DASS ES DARAN LIEGT, DASS SIE KINDER AN SICH MAG.
SIE SCHEINT MICH AUFRICHTIG INS HERZ GESCHLOSSEN ZU HABEN ...
ACH, SARAH ...
DA DU SO GUTGLÄUBIG BIST, BLEIBT MIR NICHTS ANDERES ÜBRIG, ALS DICH WEITERHIN AUSZUNUTZEN.
GRINS
SO EIN GESCHENK DES SCHICKSALS DARF MAN JA NICHT MISSACHTEN, ODER?

SARAH WARTET JA REGELRECHT DARAUF, AUSGENUTZT ZU WERDEN.
ICH SOLLTE IHREN WÜNSCHEN ALSO NACHKOMMEN!
Ich freue mich mehr auf dein Debut als auf meins.
Da du so liebenswürdig und hübsch bist, wirst du bestimmt bei allen beliebt sein.
ES IST EIN GUTES GEFÜHL, WENN ALLES NACH PLAN LÄUFT!
KICHER
Wenn ich erwachsen bin, werde ich Euch unterstützen, Fräulein Sarah!
Jeder wird sich in deinen Charm vergucken, so wie ich auch.
>< KYAA
Es freut mich so, das von Euch zu hören!
Ich sage lediglich die Wahrheit.
Hehe
Fräulein Sarah ...
Allein der Gedanke daran lässt mein Herz höher schlagen.

Ihr werdet an meiner Seite sein, wenn es so weit ist ... nicht wahr?
FUNKEL
FUNKEL
NIEMAND WÜRDE ES WAGEN, MEIN DEBUT ZU IGNORIEREN ...
... WENN DIE FRAU DES MARQUIS AN MEINER SEITE IST.

JEDES MAL, WENN ICH DAS GEFÜHL HABE, MICH DER ZUKUNFT ZU NÄHERN, DIE ICH BEGEHRE ...
... WERDE ICH AUFGEREGTER DENN JE.
Natürlich, Aria.
Ich werde an deiner Seite sein.

Fräulein Aria, alles Gute zum Geburtstag!
Herzlichen Glückwunsch!
Vielen Dank.
Ich danke euch allen.
호호 ... HOHO
Geht es Euch etwa nicht gut, Fräulein Aria?
Ihr Gesichtsausdruck ...
Nicht doch, mir geht es bestens.
방긋 LÄCHEL
Ich konnte lediglich nicht schlafen, weil ich mich so auf heute gefreut habe.

WIRD OSKAR ...
SEUFZ
... NOCH KOMMEN?
ICH HABE IHN IM BRIEF EXTRA UM EINEN BESUCH GEBETEN ...!
WARUM IST ER NOCH NICHT HIER? ODER HAT ER GAR NICHT ERST VOR, MICH ZU BESUCHEN?
Er weiß zwar nicht, dass ich Geburtstag habe, aber ...
SENK
Oh ...
Was ist mit ihr?
ZUM GLÜCK SORGT DAS ENSEMBLE DAFÜR, DASS ES NICHT ALLZU LEER HIER IST.
DANKE, DASS DU NICHT NACHGEGEBEN HAST, JESSIE ...
Mein Fräulein, bitte sagt mir Bescheid, falls ich ein Ensemble organisieren soll!
Ach, wenn du meinst ...
SEUFZ
Jawohl!!
SEUFZ
E... Eure Geschenke, Fräulein Aria!
Wie wäre es, wenn Ihr sie öffnet, bevor das Essen fertig ist?
HOHO
KICHER
Ich bin ja so gespannt!
Was für eine gute Idee.
HAHA
Ach, darf ich?
Natürlich!

Wow ... wie niedlich!
SÜSS
SÜSS
Auch die Musikbox ist wunderschön ...
NIEDLICH
STRAHL
Ich werde sie heute sofort in mein Zimmer stellen!
Vielen Dank!
DIE SIEHT RICHTIG BILLIG AUS ... ICH WERDE SIE SPÄTER JESSIE SCHENKEN.
Aria, ich habe fleißig an deinem Geschenk gearbeitet.
Ich hoffe sehr, dass es dir gefällt.
KLACK
FUNKEL

DU
DUN
...!!
Du meine Güte!!
Was ist das? Habt Ihr das etwa bestickt, Fräulein Sarah?
Wow!
FUNKEL
FUNKEL
Es war gar nicht leicht, passende Muster auszuwählen.
RASCHEL
TADA
Es ist ein Set!
FUNKEL
FUNKEL
Fräulein Sarah, Ihr seid beeindruckend!
Wow!
Ich fasse es nicht! Wie talentiert Ihr seid! Eure Stickerei sollte man ausstellen!
Sie sind wunderschön!
Warum habt Ihr Euer Talent versteckt gehalten?
Ich würde nicht direkt sagen, dass ich es versteckt habe ...
BESCHEIDEN
ZITTER
ZITTER

SARAH ...!
그렁
TRÄN
ES WAR DIE BESTE ENTSCHEIDUNG MEINES LEBENS, DICH AUF MEINE SEITE ZU HOLEN ...!
ES IST PRAKTISCH UNMÖGLICH, DICH NICHT ZU LIEBEN ...!
Mir fällt gerade auf, wie wunderschön Euer Kleid ist, Fräulein Aria!
Das stimmt. Der Pelz, den Ihr vorhin getragen habt, ist auch von ausgezeichneter Qualität. Ist es heutzutage nicht recht schwer, an solchen Pelz zu kommen?
Oh ...
Das sind alles Geschenke meines Vaters.
Mein Modegeschmack ist noch nicht ausgereift genug, um so etwas selbst auszusuchen.
Ist das alles für mich?
Ja.
Der Graf möchte sich hiermit dafür entschuldigen, dass er an Eurem Geburtstag nicht anwesend sein kann ...
...

Du meine Güte, der Graf hat einen ausgezeichneten Geschmack!
Er scheint Fräulein Aria sehr zu lieben.
Ach, nicht doch.
DANK EINER EINZIGEN INFORMATION HAT SICH SEINE EINSTELLUNG MIR GEGENÜBER SCHLAGARTIG VERÄNDERT.
ICH WUSSTE NICHT, DASS DER GRAF SO EIN SIMPLER MENSCH IST.
Obwohl Mutter und ich nun den Groll seiner Kinder ertragen müssen ...
Aber ... das Kuscheltier, das ich bekommen habe, gefällt mir am meisten.
Ach, ein Kuscheltier?
Ja. Es ist so süß, dass ich jede Nacht damit schlafe.
Wie niedlich ...
Ach, wirklich? Wie sieht es denn aus?
Wäre es in Ordnung, wenn Ihr es uns zeigen würdet?
Dieses Jahr ist Pelz im Trend, nicht wahr?
Das habe ich auch gehört.
ES GIBT ABER NOCH EINE SACHE, DIE IHR WISSEN SOLLTET.
Natürlich!
Jessie.

TA
번쩍
FUNKEL
번쩍
FUNKEL
DA
Ich finde es so niedlich, dass die Juwelen so funkeln!
FUNKEL
번쩍
번쩍
FUNKEL
Mein Vater hat einen sehr guten Geschmack, mir gefällt das Kuscheltier sehr.
So süß!
MERKT EUCH DAS.
WIR LEBEN IN ANDEREN WELTEN.
Das ist wirklich ein sehr süßes Kuscheltier!
Es ist voller Juwelen ...
Mein Gott ...
술렁
PLAPPER

Es passt gut zu dir. Das ist das erste Mal, dass ich ein juwelenbestücktes Kuscheltier sehe.
Der Graf scheint dich sehr zu lieben.
Ach ...
Ist es nicht niedlich ...?
DAS LIEGT DARAN, DASS ICH IHM GELD EINGEBRACHT HABE.
Vielen Dank, Fräulein Sarah.
G... Genau!
Es ist extrava... niedlicher, als wir dachten, da waren wir einfach nur sprachlos!
Das stimmt!
Das war sehr überraschend!
Um mich für Euer Kommen zu bedanken, habe ich bei der Auswahl des Gebäcks keine Mühen gescheut.
Ich hoffe, dass es euch zusagt.
달각
KLACK
달각
KLACK
Vielen Dank.
와~
WOW
촤르르
FUNKEL

Wollen wir mit dem Essen beginnen?
Fräulein Aria, alles Gute zum Geburtstag!
짠~ PROST
짠 짠~ KLIRR
또도각 KLACK
또도각 KLACK
또도각 KLACK
또도각 KLACK
Hier bist du also.
Ich habe nach dir gesucht ...
... Schwester Aria.

Warum hast du mich nicht auch eingeladen? Das macht mich jetzt ein wenig traurig ...
술렁 …
MURMEL
SCHIEB
덜컹
Ach, was sagst du denn da?
Ich konnte dich doch nicht einladen, weil du wegen deiner Krankheit nie nach unten gekommen bist.
Oh ... ab und zu war ich aber auch mal unten.
Ich dachte schon, dass du mich absichtlich nicht eingeladen hättest.
MURMEL
방긋
LÄCHEL
So was würde ich doch nie
휙
WUSCH

Weil du Blumen doch so magst.
Alles Gute zum Geburtstag.
SIE MÖCHTE MICH VOR ALLEN BLOSSSTELLEN, INDEM SIE IHNEN ZEIGT, WAS FÜR EINE SCHRECKLICHE SCHWESTER ICH BIN ...
... WEIL ICH SIE NICHT ZU MEINEM GEBURTSTAG EINGELADEN HABE.
DREH
Ich bin lediglich nach unten gekommen, um dir das zu sagen. Ich wünsche euch noch eine angenehme Zeit.
MURMEL
MURMEL
WAS SOLL ICH JETZT NUR MACHEN?
FLÜSTER
FLÜSTER

WIE KONNTE ICH NUR VERGESSEN, MEINE SANDUHR MITZUNEHMEN?!
SOLL ICH EINFACH SCHNELL IN MEIN ZIMMER GEHEN UND SIE HOLEN?
HABE ICH NOCH GENUG ZEIT DAFÜR?
WENN ICH RENNE ... ABER WAS IST, WENN ICH ES NICHT SCHAFFEN SOLLTE?!
OH ...
하아아
HAAH ...
BERUHIG DICH, ARIA.
Ach, ging es ihr etwa nicht gut?
Bin ich froh, dass Mielle heute wieder besser aussieht.
바스락
RASCHEL
Ich denke, dass sie sich auf Grund der Abwesenheit von Vater und unseres Bruders sehr einsam fühlt.
Außerdem ...

... dass es auch daran liegt, dass sie mit mir und meiner Mutter noch nicht warmgeworden ist.
... nehme ich an ...
Ach, Gott ...
Ich ... kann Mielle in solchen Momenten einfach nicht trösten.
Nicht doch, Aria.
Es ist überhaupt nicht Eure Schuld.
BALL
Das stimmt.
Ihr seid beide noch jung und man kann nicht einfach von heute auf morgen eine Familie werden.
Mit der Zeit wird sich alles lösen.
Vielen Dank, Fräulein Sarah.

Sie hat recht, mit der Zeit werdet ihr euch besser verstehen.
Ihr könnt uns jederzeit besuchen, falls Ihr Euch einsam fühlen solltet.
Genau!
Du meine Güte ...
Vielen Dank.
JA. GENAU SO GEHT MAN MIT SOLCH EINER SITUATION UM.
ACH, MIELLE ... DEIN PLAN IST WOHL NICHT AUFGEGANGEN.
Wie manipulierbar Menschen doch sind ...
Vielen Dank, dass Ihr extra gekommen seid.
Bis später, Aria.
다그닥
TRAB ..
다그닥
TRAB ...

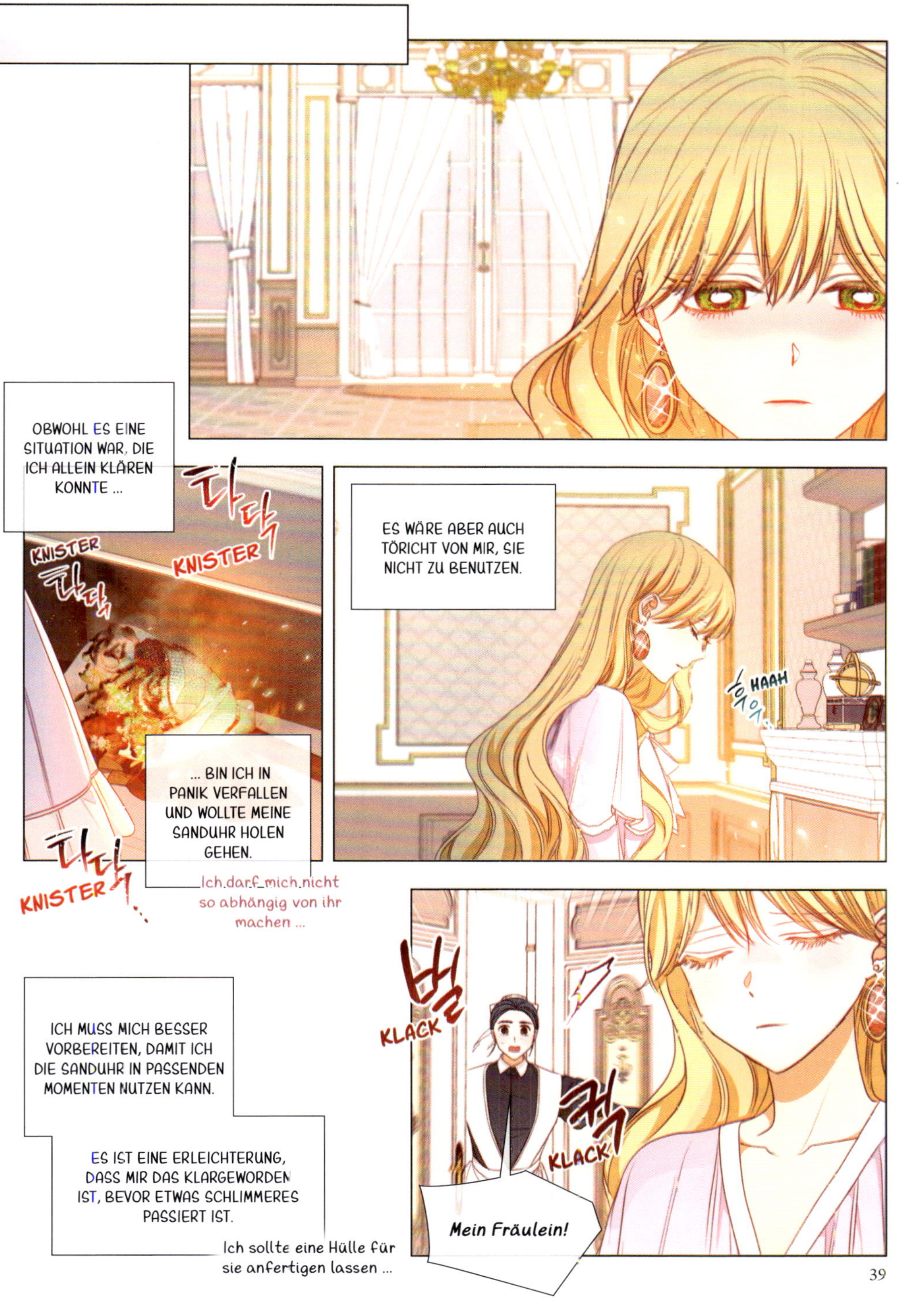
OBWOHL ES EINE SITUATION WAR, DIE ICH ALLEIN KLÄREN KONNTE ...
파닥
KNISTER
파닥
KNISTER
... BIN ICH IN PANIK VERFALLEN UND WOLLTE MEINE SANDUHR HOLEN GEHEN.
파닥
KNISTER
Ich darf mich nicht so abhängig von ihr machen ...
ES WÄRE ABER AUCH TÖRICHT VON MIR, SIE NICHT ZU BENUTZEN.
HAAH
ICH MUSS MICH BESSER VORBEREITEN, DAMIT ICH DIE SANDUHR IN PASSENDEN MOMENTEN NUTZEN KANN.
ES IST EINE ERLEICHTERUNG, DASS MIR DAS KLARGEWORDEN IST, BEVOR ETWAS SCHLIMMERES PASSIERT IST.
Ich sollte eine Hülle für sie anfertigen lassen ...
벌
KLACK
컥
KLACK
Mein Fräulein!

Er ist gekommen!
Was?
Sir Oskar ist hier?
Ja.
Du meine Güte ... warum das denn?
Dann ...
SCHRITT
... sollte ich ihn wohl empfangen.
EIL
Jessie, bring ihn erstmal ins Empfangszimmer!
Und komm dann sofort wieder her, um mir beim Umziehen zu helfen!
Es muss etwas Schlichteres sein!
Sofort, mein Fräulein!
EIL
Herzlich Willkommen, Sir Oskar.
Dürfte ich fragen ...
... was Euch heute herführt?

Was für eine freudige Über-raschung!
Sir Oskar.
Fräulein Mielle ...
Wäre es in Ordnung, wenn ich Euch Gesellschaft leiste, während Ihr wartet?
Natürlich.
Es wird sicher noch eine Weile dauern, bis meine Schwester Euch empfängt.
LÄCHEL
방긋

Es scheint ... als hättet Ihr ein wenig abgenommen.
달각
KLACK
달각
KLACK
Ich war in letzter Zeit sehr beschäftigt, da Klausurenphase war.
Wie kommt es dann, dass Ihr uns an einem Wochentag besucht?
지긋
BLICK
Es gibt da etwas, um das ich mich kümmern muss.
WIE KONNTE ER NUR SOLCHE SCHÖNEN WEISSEN BLUMEN FÜR JEMANDEN WIE ARIA VORBEREITEN?
WAS FÜR EINE VERSCHWENDUNG!
Aria hat Euch also zu ihrem Geburtstag eingeladen. Hach, und ich habe keine Einladung erhalten ...
... bitte?
Ich habe es gerade so geschafft, ihr ein Geschenk zu überreichen.
SEUFZ

Aria hat zwar gesagt, dass sie mich nicht eingeladen hat, weil es mir nicht gut ging, aber ...
... um ehrlich zu sein, hat mich das schon ein wenig traurig gemacht.
Ob sie mich hasst?
SIE HAT ALSO GEBURTSTAG?
Da wir gerade beim Thema sind ...
Wäre es in Ordnung, wenn Ihr auch zu meinem Geburtstag kommen würdet?
Ich glaube, mich daran erinnern zu können, dass mein Geburtstag genau während Eurer Ferien ist.
Das ist ein Geschenk von Oskar.
Du meine Güte ...
Er hat dieses Jahr leider wieder keine Zeit, herzukommen.
Deswegen hat er mich darum gebeten, dir das hier zu geben....
Ihr seid immer sehr beschäftigt, weshalb Ihr leider noch nie persönlich erschienen seid.
Wenn Ihr Euch wie heute also etwas Zeit für mich nehmen würdet ...
... wäre ich Euch sehr dankbar.
KICHER
...

ICH WERDE MIELLE WAHRSCHEINLICH HEIRATEN ... ICH KANN IHR NICHT LÄNGER AUS DEM WEG GEHEN ...
Ich verstehe. Ich werde versuchen, mir an dem Tag Zeit für Euch zu nehmen.
Ach, das freut mich aber!
Dann werde ich Euch eine Einladung schicken.
KICHER
Oh, Aria ist da. Ich sollte mich nun verabschieden.
Höflich
Dann sehen wir uns demnächst ...
WUSCH

비ㅇ긋
LÄCHEL
Habt Ihr lange auf mich warten müssen?
Nicht doch. Fräulein Mielle hat mir in der Zwischenzeit Gesellschaft geleistet.
Setzt Euch doch.
WORÜBER HABEN DIE BEIDEN GEREDET? MIST ...
ICH KANN NICHT GLAUBEN, DASS SIE MIR ZUVORGEKOMMEN IST, WÄHREND ICH ETWAS SCHLICHTERES ANGEZOGEN HABE, DA OSKAR SOLCHE KLEIDER BEVORZUGT ...
MIELLE ...!
Das freut mich zu hören.
Ist es Euch gut ergangen, Sir Oskar?
Ja. Und Ihnen, Fräulein Aria?
Mir auch.
Ach, ich habe heute die Haarnadel anprobiert, die Ihr mir zukommen lassen habt.

SCHALA
Findet Ihr ... dass sie mir steht?
... Ja.
Sie steht Euch ausgezeichnet.
Kann es sein ... dass Euch meine Brosche nicht gefällt?
Nein, ganz im Gegenteil.
Ich hatte nur das Gefühl, dass sie ein wenig ... extravagant ist.
Ich habe vergessen zu erwähnen ...
... dass Ihr der erste Mensch seid, der mir ein Geschenk gemacht hat.
ABGESEHEN VON MEINER FAMILIE, ABER DAS SPIELT JETZT KEINE ROLLE.
Ich habe mir also Sorgen gemacht ...
... dass ich Euch mit meinem Geschenk vielleicht unter Druck gesetzt habe.

Das war
Euer erstes
Geschenk?
Ja. Es macht
mich zwar ein wenig
verlegen, aber ich hoffe,
dass Ihr das Geschenk
als Zeichen meiner
Dankbarkeit anseht.
Ich hoffe,
dass die Brosche
zu Euch passt ...
Oh ... ich
habe sie sogar
mitgebracht.
UM SIE ZURÜCK-
ZUGEBEN?!
Ach, darf
ich Euch dann
dabei helfen, sie
anzustecken?
Ich möchte sehen, wie
Ihr damit ausseht.
...
Wenn Ihr das
wünscht.
딸각
KLACK

ICH HABE SIE EIGENTLICH MITGEBRACHT, UM SIE ZURÜCKZUGEBEN ...
WIE BIN ICH NUR IN DIESER SITUATION GELANDET?
짜잔~
TADA
... Vielen Dank.
반짝-
FUNKEL
Sie passt sehr gut zu Euch, Sir Oskar!
Übrigens habe ich gehört, dass heute Euer Geburtstag ist.

Ach, ja ...
Ich habe mich nach meiner Geburtstagsfeier ein wenig ausgeruht, weswegen ich eine Weile gebraucht habe, um Euch in Empfang zu nehmen ...
Das macht doch nichts.
Es tut mir leid ...
So meinte ich das nicht!
Ich habe ein Geschenk für Euch mitgebracht.
Oh, wirklich?
Wow!
Der Strauß ist wunderschön, vielen Dank!
Da ich nicht wusste, dass heute Euer Geburtstag ist, habe ich leider kein richtiges Geschenk vorbereiten können ... Es tut mir leid.
Hmm
KICHER
Das ist doch nicht schlimm! Diese Blumen sind das schönste Geschenk!
Falls Ihr mir aber trotzdem etwas schenken wollt ...

... wie wäre es dann, wenn wir beide Brieffreunde werden?
Brief-freunde?
Ja, ich bin immer so einsam, weil ich keine Freunde habe ...
Natürlich liegt das hauptsächlich an meiner niederen Herkunft und meinem Mangel an Bildung.
S... Sagt doch so etwas nicht, Fräulein Aria ...
KNIRSCH
Ich kann mich nicht mit einem Fräulein anfreunden, dessen Schwester ich vielleicht heiraten werde.
Ich muss höflich aber direkt ablehnen und ihr sagen, dass wir uns nicht weiter sehen sollten ...
ICH MUSS ABLEHNEN.
Oh ...

War meine Bitte etwa zu unverschämt?
Was fällt mir nur ein, Euch um so etwas zu bitten ...?
SCHIEL
Mielle würde das auch nicht gefallen, nicht wahr? Da ihr beiden solch eine gute Beziehung zueinander habt ...
SCHIEL
Ich habe es lediglich erwähnt, weil ich mich einsam fühle... es tut mir leid.
Ich wollte Euch nicht unter Druck setzen ...
HMM
...
HAAH
Ich werde Euch ...
... einen Brief schreiben.
FUNKEL
HAAH
FUNKEL
Seid Ihr sicher?
Natürlich. Es sollte kein Problem sein, einer Freundin zu berichten, wie es einem geht.
Also setzt Euch doch bitte.
Vielen Dank, Sir Oskar. Das freut mich sehr!
STRAHL

Ach, ich freue mich so!
Ich habe wunderschönes Briefpapier, welches ich noch nicht nutzen konnte.
ES SOLLTE IN ORDNUNG SEIN, WENN ICH IHR AB UND ZU EINEN BRIEF SCHICKE ...
ICH KANN SIE DOCH NICHT EINFACH HÄNGEN LASSEN ...
Ich verstehe ...
Genau, und ...
PLAPPER
하~
GÄHN
아암~

GOTT SEI DANK HABE ICH DIE SANDUHR GESTERN IM RICHTIGEN MOMENT ANGEWENDET. ER HAT BEINAHE ABGELEHNT.
Es tut mir leid, aber das geht nicht.
HEB
Okay.
DREH
Es ist schon wieder Mittag ...
ZUM GLÜCK HABE ICH SIE NICHT FÜR MIELLE BENUTZT ...
UM DIE SANDUHR EFFEKTIVER ZU NUTZEN, BRAUCHE ICH EINE UHR.
EINE STOPPUHR, DIE GENAU FÜNF MINUTEN MISST ...
So in etwa.
KLOPF
KLOPF
KLACK
Seid Ihr wach, Fräulein? Soll ich Euer Mittagessen vorbereiten?
Ich habe es sogar schon mitgebracht ...
Ja, bitte.
Ich habe Hunger ...
Mir geht es bestens.
Ich war nur ein wenig erschöpft von der Geburtstagsfeier. Du weißt doch, wie viel Spaß ich hatte.
Ich habe mir Sorgen gemacht, da Ihr schon wieder so lange geschlafen habt. Fühlt Ihr Euch unwohl?
Sie war aber recht früh zu Ende ... Seid Ihr sicher, dass Ihr wohlauf seid?
Ihr habt fast 24 Stunden geschlafen.

Ich sollte lieber einen Arzt rufen ...!
당장!
SOFORT
Mir geht es wirklich gut!
Aber ich habe Euch letztens sagen hören, dass Ihr das Gefühl habt, Euer Leben würde sich verkürzen ...!
DAS HABE ICH DOCH NUR GESAGT, WEIL ICH MICH BEIM TESTEN DER SANDUHR VERTAN HABE ...
Mein Fräulein!
Stimmt etwas nicht mit Eurer Gesundheit?!
Nein.
Es ist alles in Ordnung!
Ich muss mir wirklich eine Uhr anfertigen lassen ...
Trotzdem sollten wir einen Doktor rufen ...
Nur, um Euch durchchecken zu lassen ...
달각
KLAPPER
달각
KLAPPER
JESSIE IST MANCHMAL SO STUR.
DAS WAR AUCH DER GRUND, WESWEGEN ICH IHR DIE ZUNGE RAUS-SCHNEIDEN LIESS ...
Arghh!!!
Deswegen hat mir damals auch niemand vertraut ...
Ich habe Euch nahrhaftes Essen zubereitet, da Ihr erschöpft zu sein scheint.
ICH DARF ABER NICHT VERGESSEN ...
... DASS JESSIE AUFMERKSAMER GEWORDEN IST.
Zum Nachtisch gibt es Sorbet. Ich werde es Euch bringen, sobald Ihr aufgegessen habt.
Danke.
VIELLEICHT BILDE ICH MIR DAS AUCH NUR EIN ...

... ABER ICH MÖCHTE SIE TROTZDEM DAFÜR BELOHNEN.
ACH, STIMMT! DAS HABE ICH JA GANZ VERGESSEN.
GENAU ... ES IST ZEIT, ZUM NÄCHSTEN SCHRITT ÜBERZUGEHEN.
Jessie
Ja, mein Fräu...
DREH
WUSCH
... ?!

터억
TOCK
Was erschreckst du dich denn so?
B... Bitte?
Weil Ihr so plötzlich aufgetaucht seid ...
생글
LÄCHEL
Hast du etwa Angst, dass ich dich auffresse?
Nein, aber ...
생글
LÄCHEL
덜덜
ZITTER
Was soll das werden?
ACH ... SIE ZUCKT VOR MIR ZUSAMMEN, WEIL ICH SIE VOR EIN PAAR MONATEN NOCH OFT BELÄSTIGT HABE.
WENN SIE SO WEITERMACHT, BEKOMME ICH FAST LUST, SIE WEITER ZU SCHIKANIEREN.
씨익
GRINS
Jessie.
Ich verrate dir ...
... ein Geheimnis.
Oh ...
Mein Fräulein ...?

Ich mag dich viel mehr ...
... als du denkst.
M... Mein Fräulein ...?
Was hast du denn? Habe ich dir jemals Unrecht getan?
BLICK
Was fällt dir ein!!
Wenn du mir noch mal widersprichst, schneide ich dir die Zunge ab!!
KREISCH
Es tut mir leid!
Na ja ...
Erinnert Ihr Euch noch daran?

KICHER
잘잘잘
키득
KICHER
키득
KICHER
Stimmt, da war ja was.
Ich werde nicht leugnen, dass ich damals unreif war.
Aber ich schäme mich dafür, daher versuche ich nun, mein Bestes zu geben.
Du denkst bestimmt, dass ich noch immer so kindisch und unreif bin wie zuvor.
Trotzdem möchte ich... dass du dir das merkst.
잘각
KLIPP
Ich schätze dich sehr, Jessie.
M... Mein Fräulein!
Das ist ja ...?!
스윽
SCHRITT
Die Brosche ist ein Geschenk von mir.
Man könnte auch sagen, dass es eine Art Entschuldigung ist.
Da du dir die Brosche verdient hast, wäre es schön, wenn du sie immer tragen würdest.

AUF DIESE WEISE WIRST DU VON DEN ANDEREN DIENSTMÄDCHEN HERAUSSTECHEN.
Ach, und könntest du beim Schmuckgeschäft vorbeischauen?
Dem Schmuck-geschäft?
Genau. Bitte sie darum, mir eine Uhr anzufertigen, die sich nach fünf Minuten wieder zurücksetzt, nachdem man einen Knopf gedrückt hat.
Da ich sie bei mir tragen werde, sollte sie auch dementsprechend gut aussehen.
J... Jawohl!
ZUCK
Ich bin bald wieder zurück!
TRAB
TRAB
UND SCHON IST SIE WEG.
WUSCH
GEFÄLLT IHR DIE BROSCHE SO SEHR?

WAS SOLL ICH NUR MIT DER SANDUHR MACHEN? SOLL ICH JESSIE DARUM BITTEN, SIE MIT SICH RUMZUTRAGEN?
TRAB
TRAB
!
STRAHL
Fräulein Sarah!
MIST, ICH DACHTE, DASS SICH JESSIE WEGEN DER BROSCHE SO BEEILT HÄTTE ...
... DABEI LAG ES DARAN, DASS SARAH MICH JA HEUTE UNTERRICHTEN KOMMT.
Ich muss besser aufpassen ...
Aria, du schwitzt ja!
Es ist recht warm bei uns zu Hause ...
HAT SICH SCHNELL ALLEIN UMGEZOGEN.
HOHO
Hmm ...
Lass uns hochgehen.
DREH
SO, WEN SOLL ICH NEHMEN?

ICH NEHME AN, DASS MIELLE MIR BALD EIN DIENSTMÄDCHEN ZUTEILEN WIRD, WELCHES MICH MANIPULIEREN SOLL …
ES WÄRE GUT, WENN ICH NOCH EIN DIENSTMÄDCHEN AN MEINER SEITE HÄTTE …
Sie-kenne-ich-ja gar nicht.
Du da drüben.
ZEIG
척
Ja?
Mein einziges Dienstmädchen ist gerade außer Haus, könntest du uns Tee kochen?
Wäre das in Ordnung?
Jawohl, mein Fräulein …
Du meine Güte.
IHR GESICHTSAUSDRUCK ZEIGT, DASS SIE MIELLE SEHR NAHE STEHEN MUSS. BINGO!
Oho …
Obwohl das der gleiche Tee ist, den Jessie mir immer kocht, riecht dieser hier anders.
SCHLÜRF
호록
Das meine ich natürlich als Kompliment.
Vielen Dank, mein Fräulein.

Wäre es für dich in Ordnung, an meiner Seite zu bleiben, bis Jessie wiederkommt?
Wie ich bereits gesagt habe, ist sie mein einziges Dienst-mädchen ...
Es tut mir leid, Fräulein Aria, aber ...
... Fräulein Mielle hat mich bereits darum gebeten, etwas für sie zu erledigen. Darf ich ein anderes Dienstmädchen für Euch rufen?
Ist dem so? Dann ...
!
WIE SPÄT IST ES?
훽
DREH
?
SEHR GUT.
달칵
KLACK

Wie schade. Dann lass mich dir ein paar Fragen stellen, bevor du gehst.
Eine von Mielles Dienstmädchen hat rote Haare und Sommersprossen, nicht wahr?
…
Ja.
Wie ist ihr Name?
Sie heißt Annie.
Wie alt ist sie?
15.
Wie lange arbeitet sie schon hier?
Um die fünf Jahre. Ich habe gehört, dass sie zehn Jahre alt war, als sie hier angefangen hat.
Wirklich?
Sie ist jünger als ich dachte.
흐음~
HMM

Ist sie die Jüngste von Mielles Dienstmädchen?
Redet gerade jemand über mich?
Ja, sie ist die Jüngste aller Dienstmädchen, die hier angestellt sind.
Aha ... Ist sie gerade beschäftigt?
Das weiß ich leider nicht ...
Ich verstehe.
Kann ich dich noch darum bitten, mir meine Sanduhr aus dem Schrank in meinem Zimmer zu holen?
Danach kannst du dich wieder an deine Arbeit machen.
타박 KLACK
타박 KLACK
Jawohl, Fräulein Aria.
스윽 REICH

DREH
째깍 TICK
째깍 TICK
RÄUSPER
Wie schade, dass du beschäftigt bist.
Könntest du mir eines der anderen Dienstmädchen vorbeischicken?
Bitte schick mir die Jüngste von euch, wenn möglich.
Ich nehme an, dass sie im Vergleich zu den anderen am wenigsten beschäftigt sein wird.
Fräulein Sarah, können wir heute etwas anderes ausprobieren?
Etwas anderes?
URGH
HMPF
Ja! Da nächstes Jahr Euer Debut stattfinden wird, möchte ich mich schon einmal darauf vorbereiten.
KICHER
Das ist eine ausgezeichnete Idee.
Du heißt Annie, nicht wahr? Ist dir etwa kalt? Du bist die ganze Zeit schon am Zittern.
Es ist schon ein wenig frisch heute ...
ZUCK
N.. Nein, mir geht es bestens!

Gut, anfangs begrüßt man sich und ... ach, stimmt.
Da wir auch tanzen üben müssen, solltest du am besten hohe Schuhe tragen.
Mit hohen Schuhen zu tanzen ist gar nicht so einfach, also solltest du sie beim Üben unbedingt tragen.
URGH
우...
Was mache ich hier eigentlich?
WOW
Ich bin ja schon ganz aufgeregt!
살랑
FUNKEL
짜잔
LA
LA
Du meine Güte, Aria! Du tanzt ja schon fast besser als ich.
Hehe, es scheint sich gelohnt zu haben, allein in meinem Zimmer zu üben.
Die feine Gesellschaft ...
BLICK
ERRÖT
HMM
Aber ich denke, dass es dir noch ein wenig an Etikette fehlt.
Ach, ist dem so ...?
UPPS

KANN ES SEIN, DASS ICH ZU SEXY GETANZT HABE?
DAMALS HABE ICH MIR ANGEWÖHNT, MICH SO AUFREIZEND WIE MÖGLICH ZU BEWEGEN, UM DIE AUFMERKSAMKEIT DER MÄNNER ZU GEWINNEN!
Ich muss wohl noch einiges lernen ...
Aria, gib mir mal deine Hand.
Du solltest deinen Partner nicht mit dir rumziehen, sondern dafür sorgen, Balance zwischen euch beiden zu halten.
Ja, genau so.
Und nachdem du dich gedreht hast, solltest du deinem Partner in die Augen sehen. Es ist wichtig, sich mithilfe des Tanzes zu unterhalten.
WOW
Ach, stimmt. Bevor du jemanden begrüßt, kannst du deinen Fächer elegant öffnen und ...
ZUCK
KLACK

Fräulein Aria, ich entschuldige mich für meine Verspätung.
헉 KEUCH
헉 KEUCH
Oh, du bist schon zurück?
Du hättest dich doch nicht so beeilen brauchen ... hier, trink was.
N... Nicht doch, mein Fräulein.
쨍 DING
Aber du bist ganz rot im Gesicht.
Stimmt. Es sieht so aus, als würdest du gleich umkippen.
D... Dann werde ich was trinken!
벌컥 GLUCK
벌컥 GLUCK
Du kannst jetzt wieder gehen.
Oh, jawohl ...
탁 TACK
...
Wo waren wir stehengeblieben?
Wir haben gerade erst angefangen, aber ... mir tun schon die Füße weh, Fräulein Sarah.
Ach, dann ruh dich lieber ein wenig aus.
Ich werde mich um Euch kümmern, mein Fräulein!

DA ICH NUN KEIN PUBLIKUM MEHR HABE, WELCHES ICH BEEINDRUCKEN MUSS ... KANN ICH MICH EIN WENIG ZURÜCKLEHNEN.
Dann werden wir als Nächstes lernen, wie man ...
흘깃
BLICK
Darf ich, mein Fräulein?
ICH BIN SICHER, UNSERE KLEINE AUFFÜHRUNG HAT EINDRUCK GEMACHT ...
...
또각
KLACK
또각
KLACK
Tanzen ...
Und die gehobene Gesellschaft ...
중얼
MURMEL
MURMEL
중얼

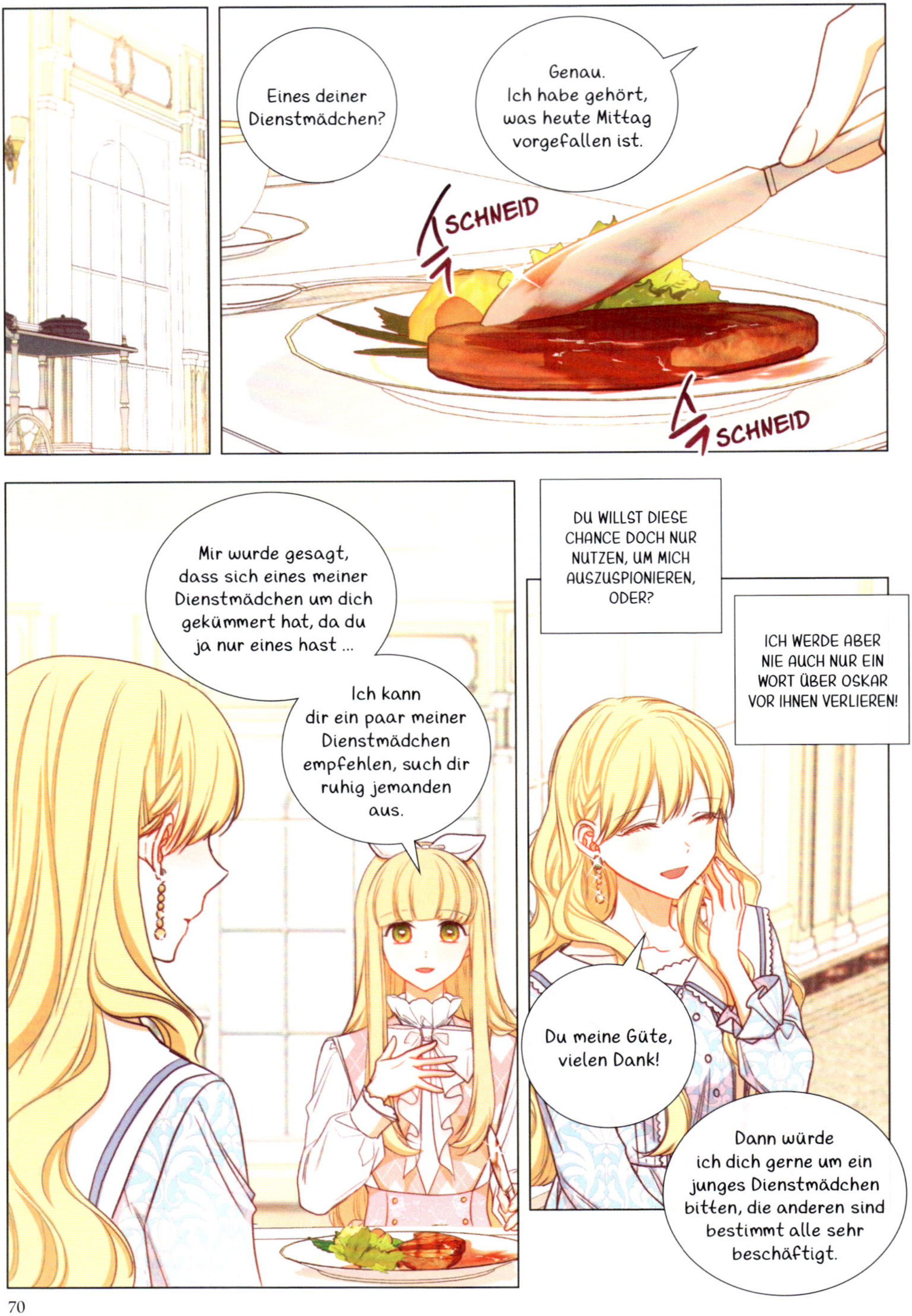
Eines deiner Dienstmädchen?
Genau. Ich habe gehört, was heute Mittag vorgefallen ist.
SCHNEID
SCHNEID
Mir wurde gesagt, dass sich eines meiner Dienstmädchen um dich gekümmert hat, da du ja nur eines hast ...
Ich kann dir ein paar meiner Dienstmädchen empfehlen, such dir ruhig jemanden aus.
DU WILLST DIESE CHANCE DOCH NUR NUTZEN, UM MICH AUSZUSPIONIEREN, ODER?
ICH WERDE ABER NIE AUCH NUR EIN WORT ÜBER OSKAR VOR IHNEN VERLIEREN!
Du meine Güte, vielen Dank!
Dann würde ich dich gerne um ein junges Dienstmädchen bitten, die anderen sind bestimmt alle sehr beschäftigt.

... HABE ICH GESAGT, ABER ...
BLITZ
SEUFZ
... ES IST SO OFFENSICHTLICH, DASS SIE MICH NUN FÜR MIELLE BEOBACHTET ...
Ähm ... Annie?
Ja, mein Fräulein!
Würdest du mir frischen Tee bringen?
RUCK
Jawohl!
WUSCH
!

MAN MERKT SOFORT, DASS SIE MIELLES DIENSTMÄDCHEN IST!
SIE MAG ZWAR ETWAS MATERIALISTISCH SEIN, ABER DA SIE SCHON VON KLEIN AUF HIER ARBEITET, KENNT SIE SICH BESTENS AUS.
Oho!
TADA
... HM?
DIESER GERUCH ...
SIE IST FRECHER ALS GEDACHT.
HMM
BLICK
Mein Fräulein?
Wäre es in Ordnung ...
Annie.
... wenn ich mir dein Gesicht von Nahem ansehe ...?

착싹
PLATSCH
화들짝
ZUCK
Ah,
das ist kalt!
J... Jawohl!
Jetzt hab dich nicht so.
Deine Haut ist so schön makellos.
Es ist schade, dass man das wegen deiner Sommersprossen nicht gut sieht.
...
TUPF
TUPF
Und? Wie findest du es?

Bin das ... wirklich ich?
매끈~ REIN
Da ich deine Sommersprossen abgedeckt habe, kommt dein Gesicht viel besser zur Geltung! Findest du nicht auch?
W... Wow ...
Du kannst ihn ruhig haben.
Bitte?
Den Puder. Ich benutze ihn kaum.
DA ICH SIE JETZT VON NAHEM GESEHEN HABE, WIRD MIR KLAR ...
... DASS SIE STÜCK FÜR STÜCK MIELLES MAKE-UP GEKLAUT HABEN MUSS.
ICH KANN MIR NICHT VORSTELLEN, DASS DAS MAKE-UP VON BEDIENSTETEN SOLCH EINEN EDLEN KRÄUTERDUFT HAT.
Ist das wirklich alles für mich?
Ja, nimm es ruhig mit.

GENAU DIESEN GESICHTSAUSDRUCK HATTE SIE AUCH, ALS SIE DIE JUWELEN GESEHEN HAT. DA SIE NOCH SO JUNG IST, KANN SIE IHRE HABGIER NICHT VERSTECKEN.
KICHER
Immerhin habe ich keine Sommersprossen und benutze kaum Make-up.
HEBL
Ach, das hier ist auch für dich.
A... Aber mein Fräulein!
Das ist ein kleines Geschenk, weil du mein Dienstmädchen geworden bist
Normalerweise hätte ich dir dasselbe geschenkt wie Jessie ...
Oh, die Bro...
KLATSCH
Scheint so, als würde Jessie ihre Goldbrosche häufig tragen.

GOLD?!
Gold?!
Genau. Ich habe sie ihr als Dank dafür gegeben, dass sie so viel für mich getan hat.
Aber du ...
... hast noch nichts für mich getan, nicht wahr?
ZUCK
DREH
Hoho, damit wollte ich nicht sagen, dass du etwas Bestimmtes machen musst.
Ich meinte nur, dass noch kein Vertrauen zwischen uns besteht.
Du wirst in Zukunft viel für mich tun, oder?
Als mein Dienstmädchen.

흠칫 ZUCK
Da wir uns schick gemacht haben, können wir ja ein kleines Kaffeekränzchen halten.
Komm und setz dich.
Bitte?!
Geht das in Ordnung ...?
달그락 KLIRR
KLAPPER 달각
Du siehst zwar noch etwas unbeholfen aus, aber im Großen und Ganzen schlägst du dich sehr gut.
TACK 탁
Vielen Dank, mein Fräulein.
HAT SIE ETWA BEREITS GEÜBT, WEIL SIE HOFFT, SELBST EINE ADLIGE ZU WERDEN?
Und nochmal ...
VIELLEICHT FÜHLT SIE SICH JETZT SCHON WIE EINE JUNGE DAME, WEIL SIE IN DIESEM HAUSHALT AUFGEWACHSEN IST.

UM EHRLICH ZU SEIN MAG ICH SCHLAUE UND HINTERLISTIGE KINDER WIE DICH.
ABER DAS NATÜRLICH NUR ...
... WENN DU AUF MEINER SEITE BIST.
Du darfst dein Handgelenk nicht so sehr versteifen und solltest darauf achten, den kleinen Finger zu heben.
Ja, das machst du sehr gut.
So ungefähr?
PRÄG DIR GUT EIN, DASS ICH JEMAND BIN, DER DIR DEINE TRÄUME ERFÜLLEN KANN.
A... Aber ist es wirklich in Ordnung für mich, so etwas zu lernen?
Mein Fräulein ...
HEHE

Was sagst du denn da?
DU KANNST DIR DAS LÄCHELN NICHT VERKNEIFEN, HM?
KLACK
달각
In dieser Welt ist alles möglich.
소곤...
FLÜSTER
Damit möchte ich sagen ... was meiner Mutter passiert ist, muss kein Einzelfall bleiben ...
Verstehst du?
...!
Man muss nur wissen, wie.
꿀꺽...
SCHLUCK
SIEHST DU, DU DUMMKOPF? ICH KANN DEINEN TRAUM IN ERFÜLLUNG GEHEN LASSEN.
DU WILLST DOCH NICHT ETWA EIN DIENSTMÄDCHEN BLEIBEN, BIS DU STIRBST ODER?

BEEIL DICH ALSO EIN WENIG UND WERDE DIR BEWUSST, DASS ES SICH LOHNT, MIR ZU DIENEN.
...
Mein Fräulein, ich ...
KNARZ
... Euer Tee ist bestimmt schon kalt, soll ich Euch einen neuen bringen?
...
Das ist nicht nötig. Ich werde mich jetzt ausruhen. Du darfst auch eine Pause einlegen.
Sag Jessie, dass ihr nun wieder tauschen könnt.
DREH
J... Jawohl, Fräulein Aria.
KNARZ
TACK
Hmm ...

ES ... HAT NOCH NICHT FUNKTIONIERT.
DAS MUSS WOHL BEDEUTEN ...
... DASS ICH NOCH SCHWÄCHER BIN ALS MIELLE.
웅성 PLAPPER
달칵 KLACK
시끌 MURMEL
시끌 MURMEL
웅성 WUSEL
웅성 WUSEL
WIE SCHNELL DOCH DIE ZEIT VERGEHT ...
HEUTE IST BEREITS MIELLES GEBURTSTAG.

ICH HABE MICH SCHON IMMER GEWUNDERT ...
... WAS ES MIT DIESEN AUSGEFALLENEN GESCHENKEN AUF SICH HAT.
DIE ANZAHL DIESER TEUREN UND EDLEN BOXEN ...
SOLCH EINE SICHT WIRD SICH MIR NIE ERGEBEN.
ICH BIN NICHT EIFERSÜCHTIG AUF MIELLE.
NERVÖS
NERVÖS
SCHLÜRF
DIE SACHE IST NUR, DASS ...

... OSKAR MIR NICHT ANTWORTET!
Lasst uns ...
... Brieffreunde sein!
하
HAAH
깜 ZUCK 짝
ICH BIN SO GENERVT, DASS ICH AM LIEBSTEN JEDEN ANSCHREIEN WÜRDE!
Sie am meisten!
ER IST NICHT DIE ART VON MENSCH, DIE VERSPRECHEN BRICHT. WARUM HAT ER MIR ALSO NOCH KEINE ANTWORT GESCHICKT?
다그닥 TRAB
다그닥 TRAB
!
벌떡 RUCK
DAS KANN NICHT SEIN!
타다다닥 FLITZ
퉁 WUMM

ER IST ZU MIELLES GEBURTSTAG ZURÜCKGEKEHRT.
Ich dachte, es wäre Oskar ...
ER SCHEINT SIE WIRKLICH SEHR ZU LIEBEN ...
DIE GESCHENKE, DIE ER MIR ZUM GEBURTSTAG GESCHICKT HAT, WAREN ZWAR EIN RIESIGER FORTSCHRITT, ABER ...
HACH, WIE GLÜCKLICH SIE DOCH AUSSEHEN.
IHR ANBLICK ... LÄSST MICH RICHTIG UNGEDULDIG WERDEN.
ICH FREUE MICH AUF DEN TAG, AN DEM ICH MICH ENDLICH RÄCHEN KANN!
GRINS

ICH WERDE NIEMALS VERGESSEN ... WAS SIE MIR UND MEINER MUTTER ANGETAN HABEN.
ICH WERDE JEDEM EUER WAHRES GESICHT ZEIGEN.
WIE LANGE WERDET IHR WOHL NOCH IN DER LAGE SEIN, SO UNBESCHWERT ZU LACHEN?
키
KICHER
킥...
킥

ICH WERDE
DAFÜR SORGEN ...
... DASS
FAMILIE ROSCENTE
UNTERGEHT!

SEHR GUT. ICH WERDE MIELLES GEBURTSTAG IN VOLLEN ZÜGEN GENIESSEN, INDEM ICH SIE MITHILFE DER SANDUHR BLOSSSTELLE.
흐음~
HMM
저벅
STAPF
Stapf
ICH MUSS MICH DARAUF VORBEREITEN UND MEINEN PLAN …
짜
STRAHL
잔
Guten Tag!
Es freut mich, Euch kennenzulernen, Fräulein Mielle.
Mein Name ist Rain Pino.
HAHA
아하
쭈뼛
ZÖGER
Ihr könnt mich ruhig Rain nennen.

...
WER IST DAS ...?
Ich habe ihn noch nie zuvor gesehen?!
Ihr seht wunder-schön aus.
Das alles unterscheidet sich komplett von der Vergangenheit!
Sag bloß ... dass sich jetzt alles verändert hat?!

Die Geschenke sind für Euch.
Herzlichen Glückwunsch zum Geburtstag!
Das ist ja ...
머뭇 ZÖGER
머뭇 ZÖGER
Genau, du kannst ihm vertrauen. Er und sein Meister waren mir bei meinem Ausflug eine sehr große Hilfe.
haha
Ich bin lediglich den Befehlen meines Meisters nachgegangen.
Haha. Da mein Meister sie für Euch vorbereitet hat, könnt Ihr sie guten Gewissens annehmen.

WIE KANN ES SEIN, DASS ICH IHN NICHT KENNE, OBWOHL ER AUS EINER WOHLHABENDEN FAMILIE ZU STAMMEN SCHEINT?
SEIN GESICHT KOMMT MIR ÜBERHAUPT NICHT BEKANNT VOR.
WER ZUM TEUFEL IST ER?
찡긋 LÄCHEL
Die Gerüchte über Euer Aussehen werden Eurer wahren Schönheit nicht gerecht.
Oh... vielen Dank.
ARGH
WIE IST ES NUR DAZU GEKOMMEN?!
SOLCH EINE UNVORHERGESEHENE WENDUNG KANN ICH GAR NICHT GEBRAUCHEN!
HM? MIR FÄLLT GERADE AUF, DASS MIR MIELLES KLEID BEKANNT VORKOMMT ...

AH!
DIE GESCHENKE, DIE OSKAR UNS BEIDEN ZUKOMMEN LASSEN HAT ...!
SAG BLOSS, DASS ER SEINER ZUKÜNFTIGEN VERLOBTEN UND IHRER SCHWESTER ÄHNLICHE KLEIDER GESCHICKT HAT ...
Oh, Sir Oskar hat einen sehr guten Geschmack.
Das Kleid an sich war nicht schlecht, aber -
ICH DACHTE ... DASS ER SICH BEI DER AUSWAHL MÜHE GEGEBEN HÄTTE ...
KLACK
또각
LÄCHEL
다소곳
Willkommen zurück, Vater.
Ach, Aria.
OH
Wer ...?
Sie ist auch meine Tochter.
LÄCHEL
방긋
...
Es freut mich, Euch kennenzulernen. Mein Name ist Aria Roscente.

Wow ...
Eure Töchter sind wunderschön ...
ACH, ES IST SCHON LANGE HER, DASS ICH SOLCH EINE REAKTION ERHALTEN HABE.
방긋
LÄCHEL
GENAU. IN DER VERGANGENHEIT WAREN DIE MÄNNER NICHT DAZU IN DER LAGE ...
... IHRE AUGEN VON MIR ...
Ich habe ganz vergessen, dass ich noch ein Geschenk für Euch habe, Fräulein Mielle!
DREH
Bitte?

WAS? DAS WAR ALLES?!
Ihr bekommt noch einen Pelz, den der Graf und ich sorgfältig ausgewählt haben!
DONNERSTAG
Hoho
Du kannst ihm doch nicht schon im Voraus verraten, was das Geschenk ist.
Oh ... es ist mir einfach rausgerutscht ...
Haha
DU KLEINER ...!
WENN ER SO NACH DER PFEIFE DES GRAFEN TANZT, BRAUCHE ICH IHN SOWIESO NICHT.
Ich werde mich nun besser zurückziehen.
AH!
Warte, Aria.
Hier.
Das ist für dich.
... Vielen Dank, Vater.
DAS IST ...

... EINE SCHMUCKSCHATULLE, DIE IN DER VERGANGENHEIT MIELLE BEKOMMEN HAT.
GENAU.
AUCH WENN SICH DINGE VERÄNDERN ...
타닥 KLACK
... BEWEGE ICH MICH NOCH IMMER IN DIE RICHTIGE RICHTUNG.
KLACK 타닥
또각 KLACK
Jessie, beeil dich ein wenig. Ich möchte mich umziehen.
또각 KLACK
Bitte?
Ich möchte Sir Oskars Kleid anziehen. Bitte bereite alles vor!
ICH WERDE MICH HEUTE AUF MEINEN PLAN KONZENTRIEREN.

ICH WERDE EINEN VORFALL ERZEUGEN, DEN MIELLE NICHT SO SCHNELL WIEDER VERGESSEN WIRD!
라~
LALALA
랄랄
또각
KLACK
KLACK
또각
Sieh doch, dort drüben.
Mielle.
Alles Gute zum Geburtstag!
Du meine Güte ...
FLÜSTER
술렁
FLÜSTER
술렁

Aria ...
술렁 MURMEL
Das ist also die Tochter der Prostituierten ...
FLÜSTER 수군
Sie ist doch berüchtigt dafür, Aufruhr zu veranstalten. Ich frage mich, was sie heute vor hat ...
수군 FLÜSTER
Oh, gefallen sie dir etwa nicht?
Ich habe sie extra für dich zusammenstellen lassen ...
SCHMO 시무룩
ZUCK
D... Doch! Vielen Dank.
차 STRAHL
Dein Kleid ...!
...!
Ach, ist es dir auch aufgefallen?
Ja, das ist das Kleid von Sir Oskar.

Als ich vorhin dein Kleid gesehen habe, ist mir bewusst geworden ...
... dass Sir Oskar uns ähnliche Kleider geschenkt haben muss, da wir Schwestern sind.
웅성 MURMEL
웅성 MURMEL
Ihre Kleider ...
Er ist so rücksichtsvoll!
DU HAST VOR DEN ANDEREN BESTIMMT DAMIT ANGEGEBEN, DASS OSKAR DIR DAS KLEID GESCHENKT HAT, NICHT WAHR?
술렁.. FLÜSTER
술렁 FLÜSTER
JETZT MUSST DU IHNEN SAGEN, DASS DU NICHT DIE EINZIGE BIST, DIE EIN GESCHENK VON IHM BEKOMMEN HAT.
Dann misch dich mal wieder unter die Gäste.
Ich werde dich nicht weiter aufhalten.
술렁.. FLÜSTER
Wie vulgär sie doch ist.
FLÜSTER
Da gebe ich dir recht. Und Manieren hat sie auch keine.
FLÜSTER
Sie denkt wirklich, dass sie eine Adlige wäre.
Und ihr Kleid erst ...
힐끗 SCHIEL
LÄSTER
LÄSTER
Sie hat es doch nur angezogen, weil sie eifersüchtig ist!
KICHER
Das denke ich auch.

Du meine Güte ... wie viel Kuchen will sie noch essen?
PIEKS
FLÜSTER
Wie kann man nur so ungehobelt sein ...
FLÜSTER
Ihre Etikette ...
ELEGANT
...
SCHLÜRF
...
Hmm ...

EGAL, WIE VIEL IHR AUCH DAHERREDEN MÖGT ... DIE MENSCHEN WERDEN BALD SEHEN, DASS DIE GERÜCHTE NICHT MEHR STIMMEN.
Sie ist gar nicht so, wie die Gerüchte sagen ...
Vielleicht hat die Bildung, die sie vom Grafen erhalten hat, ja Wirkung gezeigt.
Hahaha
오물 KAU
오물 KAU
HMM 흠...
수군 FLÜSTER
수군 FLÜSTER
WENN ICH SO WEITERMACHE, WIRD ES BALD KEINE SCHLIMMEN GERÜCHTE MEHR ÜBER MICH GEBEN.
달각 KLACK
DA ICH NICHTS AN MEINER HERKUNFT ÄNDERN KANN, WERDE ICH MEINEN RUF ANDERWEITIG VERBESSERN.
드르륵 ERHEB
SOLL ICH DANN MAL DAMIT BEGINNEN ...
... MIELLE ...

... ZU QUÄLEN?
활
STRAHL
짝
HM?
Lächelt sie gerade etwa?
?
움찔
ZUCK
Cain!
둥!
WUMM
Alles Gute zum Geburtstag, Mielle.
BITTE? ES IST DOCH NUR CAIN ...
Wie langweilig.
Sir Oskar!

WAS?
팟!
DREH
Herzlich willkommen!
Alles Gute zum Geburtstag, Fräulein Mielle.
OSKAR IST DOCH NOCH NIE ZU MIELLES GEBURTSTAG ERSCHIENEN!
Ich habe mich ein wenig verspätet
Das macht doch nichts.
WIESO SCHENKT ER MIELLE AUF EINMAL AUFMERKSAMKEIT?
OBWOHL ER NICHT MAL AUF MEINEN BRIEF REAGIERT HAT?!
HABE ICH ETWA ... ETWAS FALSCH GEMACHT?

NEIN, DAS KANN NICHT SEIN ...
빙 STARR ...
HM? WAS IST DENN MIT IHM LOS?
AH ... ICH HABE EIGENTLICH KEINE ZEIT DAFÜR, JEMANDEN WIE CAIN ZU BESPASSEN.
WIE KANNST DU DEINE KLEINE SCHWESTER NUR SO ANGUCKEN?
ICH KANN NICHT ANDERS, ALS ZU LÄCHELN ...
싱긋 LÄCHEL
화아
Ist sie etwa erwachsen geworden?
ERRÖT
아아

ERRÖT
발그레...
...!
AHA, JETZT VERSTEHE ICH.
OBWOHL ER MIELLE HAT ...
... HEGT ER MIR GEGENÜBER GEFÜHLE, WESWEGEN ER SICH NUN SCHULDIG FÜHLT.
빠 BLICK 안
AUS DIESEM GRUND IST ER AUCH ZU IHREM GEBURTSTAG ERSCHIENEN.
ICH HABE GENAU INS SCHWARZE GETROFFEN.
두근 POCH
Hmm ...
Damals war sie doch noch ein kleines Kind ...
Was ist das für ein Gefühl ...?
POCH 두근
POCH 두근

WIESO KREISEN ALL MEINE GEDANKEN UM FRÄULEIN ARIA ...
POCH
OBWOHL ICH WEIß, DASS ES SICH NICHT GEHÖRT, KANN ICH MEINE AUGEN NICHT VON IHR LASSEN ...
STICH
Hmm ...
Herzlich Willkommen, Cain. Und natürlich auch Sir Oskar.
ZUCK
Wie lange wollen sie mich noch anstarren?
Oh!
Bitte entschuldigt mein Verhalten. Es freut mich, Euch wiederzusehen.
DREH
Es gibt nichts, wofür Ihr Euch entschuldigen müsstet.

WAS FÜR EINE KINDISCHE REAKTION VON IHM.
ÄHEM ÄHEM
JE BESSER ICH IHN KENNENLERNE, DESTO TÖRICHTER KOMMT ER MIR VOR.
ICH KANN NICHT GLAUBEN, DASS ICH MICH VON IHNEN ZUM NARREN HABE MACHEN LASSEN ...
하
HAAH
MIR FÄLLT JETZT ERST AUF ...
Es scheint, als wäre ich hier fehl am Platz ...
Ich bin so unaufmerksam ...
E... Es tut mir leid.
... WIE DUMM ICH DOCH WAR.
Bitte ... entschuldigt mich.
FLITZ
F... Fräulein Aria!

시끌 LALA
Oh ...
하아 SEUFZ ...
바스락 RASCHEL
시끌 LALA
터벅 STAPF
Sir Oskar ...
MURMEL
Ich hoffe ...
터벅 STAPF
터벅 STAPF ...
끼익 KNARZ
... dass ich Euch nicht störe.

Fräulein Aria.
Nicht doch.
LÄCHEL
ALSO ECHT ...
DU HAST DIR ABER VIEL ZEIT GELASSEN!
ICH DACHTE SCHON, DASS DU GAR NICHT MEHR KOMMST!
FLITZ
Setzt Euch doch.
ICH MUSSTE GANZE DREI TASSEN TEE TRINKEN, ABER DA DU DOCH NOCH GEKOMMEN BIST, WERDE ICH DIR VERZEIHEN.

SEIN GESICHT SIEHT SO HAGER AUS...
STÄNDIG AN MICH ZU DENKEN MUSS IHN ERSCHÖPFT HABEN. ICH FÜHLE MICH SCHON GLEICH BESSER.
ICH HATTE SCHON WIEDER RECHT.
SEUFZ
Ich verhalte mich schon wieder so.
Eigentlich sollte ich Fräulein Mielle Aufmerksamkeit schenken ...
... aber stattdessen kümmere ich mich mehr um Fräulein Aria ...
Dies ist meine Antwort auf Euren Brief.
Da ich wusste, dass wir uns sowieso heute sehen, habe ich ihn Euch einfach mitgebracht.
REICH
Du meine Güte ...
...!
Vielen Dank.
Ich muss meinen Gesichtsausdruck unter Kontrolle bekommen ...
Der Brief ist noch ganz warm, da er in seiner Tasche war, hehe.
ICH KANN NICHT GLAUBEN, DASS SICH DIE SACHE, WEGEN DER ICH MIR HEUTE MORGEN DEN KOPF ZERBROCHEN HABE, SO SCHÖN GEKLÄRT HAT ...

Hat Euch die Party heute gefallen?
Oh ...
Um ehrlich zu sein machen mir solche Feiern keinen Spaß.
Ach, was für ein Zufall. Mir geht es genauso.
WAS DARAN LIEGT, DASS ES MICH NERVT, ANDERE ÜBER MICH LÄSTERN ZU HÖREN.
Solche Feiern sind recht peinlich für mich, da ich kaum Freunde habe.
EINSAM
쓸쓸..
Oh ... also ich bevorzuge es, meine Freunde nicht auf Partys, sondern an anderen Orten zu sehen.
Ach, jetzt verstehe ich.
Bitte?
KICHER
후후...
Bei diesem Gespräch fühle ich mich wohler als vorhin auf der Party.
Oh ...
Ja, da habt Ihr recht.
Sich vor Fräulein Mielle zu unterhalten war ein wenig unangenehm...

Ich bin doch nur ihr Brieffreund. Warum fühlt es sich so an, als würde ich etwas Verbotenes tun?
Werdet Ihr noch mit uns zu Abend essen?
ICH WOLLTE EIGENTLICH NACH HAUSE GEHEN UND SO FRÜH WIE MÖGLICH ZUR AKADEMIE ZURÜCKKEHREN ...
Ja.
... ABER ...
... ICH KANN NICHT ANDERS, ALS ZUZUSTIMMEN.
Das freut mich. Ich fühle mich nämlich ein wenig einsam hier ...
Zu wissen, dass Ihr bleiben werdet, verleiht mir Stärke.
Wir sind doch jetzt Freunde, nicht wahr?

Freunde ...
Genau, wir sind nur Freunde ...
DIESE ART VON BEZIEHUNG SOLLTE IN ORDNUNG SEIN.
요란
PLAPPER
Ich habe mitbekommen, dass Ihr dem Grafen ab und zu bei seinem Geschäft helft.
MURMEL
법석
Es ist erstaunlich, was Ihr in Eurem Alter schon leistet!
힐끔
SCHIEL
Ihr seid außergewöhnlich, Fräulein Mielle.
Ich leite ihm lediglich Dinge weiter, die ich anderweitig aufgeschnappt habe. Ich bin froh, dass ich eine Hilfe sein kann.
Mein Meister hat auch bereits von Euch gehört.
PLAPPER
난리
Wirklich!

WO ZUM TEUFEL KOMMT ER HER?
PLAPPER
Obwohl er ein anspruchsvoller Mensch ist, hat er Euch mit Komplimenten überhäuft.
Ist das nicht außergewöhnlich?
Das ... freut mich zu hören.
ES SCHEINT, ALS WÜRDE ER VERSUCHEN, SEINEN MEISTER MIT MIELLE ZU VERKUPPELN ...
... ABER MIELLES HERZ GEHÖRT BEREITS DEM ÄLTESTEN SOHN DER FREDERICKS ... DER MÄCHTIGSTEN FAMILIE NACH DER KÖNIGSFAMILIE.
ICH WEISS ZWAR NICHT, AUS WELCHER LÄNDLICHEN ADELSFAMILIE ER STAMMT ...
... ABER ES IST RECHT ERMÜDEND, IHM DABEI ZUZUSEHEN, IHRE GUNST GEWINNEN ZU WOLLEN.
BLICK
PLAUDER
Ich würde deinem Meister gerne einen persönlichen Dank aussprechen.
HAHAHA
Er ist in letzter Zeit sehr beschäftigt. Ich werde aber mein Bestes geben, ein Treffen zu vereinbaren, um ...

쓸쓸
EINSAM
ACH, OSKAR …
WIE BEMITLEIDENSWERT ICH DOCH BIN. ICH KANN NICHT MAL AN DEM FAMILIENGESPRÄCH TEILNEHMEN.
핫…
ERRÖT
BLICK
KICHER
OSKARS GESICHTSAUSDRUCK AMÜSIERT MICH GERADE AM MEISTEN.

CAIN STARRT MICH AUCH SCHON DIE GANZE ZEIT AN ... ICH SOLLTE IHN VORERST IGNORIEREN.
Nicht, dass noch etwas passiert.
SCHIEL 힐끗
힐끗 SCHIEL
Es freut mich, dass Ihr mich besuchen gekommen seid, obwohl Ihr so beschäftigt seid.
Vielen Dank noch einmal. Und die Kette, die Ihr mir geschenkt habt ... gefällt mir sehr.
Es scheint ...
LÄCHEL 방긋
... als wüsstet Ihr genau, was ich mir gewünscht habe.
Deswegen ...
Sir Oskar?
ZUCK
Ah, ja.
Ihr müsst mir nicht danken. Es freut mich, dass sie Euch gefällt.

...
WAS? ER HAT SICH BEI DEM GESCHENK JA RICHTIG MÜHE GEGEBEN.
BEDEUTET DAS ETWA, DASS ER KEINE VON UNS AUFGEBEN KANN?
DANN WERDE ICH DAFÜR SORGEN, DASS ER AUCH WEITERHIN ZWISCHEN UNS BEIDEN HIN- UND HERÜBERLEGT UND DANN AM ENDE MICH AUSWÄHLT...
KICHER
Übrigens, Vater.
Ich habe während deiner Abwesenheit etwas für dich vorbereitet.
DUN
FUNKEL
FUNKEL
Das sieht ja wunderschön aus!

Gefällt es dir? Es ist zwar nicht perfekt geworden, aber ich wollte es dir so schnell wie möglich schenken ...
Wow ...
Sag doch so etwas nicht!
Das ist die schönste Lilie, die ich jemals gesehen habe!
크하하하! HAHAHA!
Da stimme ich dir zu, Vater.
Oh, es gibt nichts, was Ihr nicht könnt!!
Cain, ich bitte dich ...
Du machst mich ganz verlegen.
VERLEGEN
HMM
ER TUT SO, ALS WÜRDE MEIN TASCHENTUCH NICHT EXISTIEREN.
DAFÜR, DASS MIELLE ES GESTICKT HAT, SIEHT ES ECHT NICHT SCHLECHT AUS.
FUNKEL 반짝
Du bist sehr talentiert, Mielle.
Das ist ein sehr schönes Taschentuch.
FUNKEL 반짝
ICH HABE NICHT DAMIT GERECHNET ... DASS SIE IHR TASCHENTUCH SO SCHNELL BESTICKEN WÜRDE.

Du meine Güte! Du weißt gar nicht, wie viel mir dein Kompliment bedeutet, Aria!
STRAHL
So fühlt es sich also an, Anerkennung von dir zu erhalten ...!
WAS SAGT SIE DENN DA?!
ES MACHT MICH NOCH WÜTENDER, DASS ICH BEI IHREN SPIELCHEN MITSPIELEN MUSS.
DREH
Um ehrlich zu sein, habe ich für euch alle Taschentücher bestickt.
Ich muss zwar noch viel lernen, aber ich hoffe trotzdem, dass sie euch gefallen werden.
Emma, verteil sie an alle.
Ach, seid doch nicht so bescheiden.
Vielen Dank für das Geschenk.
KLACK
Du meine Güte ...

Es scheint, als hätte ich zu wenig Taschentücher bestickt, so dass ich dir keines mehr geben kann, Aria …
DAS WAR JA ZU ERWARTEN.
Oh, das muss bestimmt an mir liegen. Ihr könnt ruhig …
Ach, das ist nicht nötig.
Ich kann doch kein Geschenk entgegennehmen, welches für einen Gast bestimmt ist.
SEIN TUCH WAR BESTIMMT FÜR EINEN UNERWARTETEN GAST VORHERGESEHEN, NICHT WAHR?
GRINS
AUCH WENN SIE NOCH EINS ÜBRIG HÄTTE, WÜRDE SIE ES MIR WAHRSCHEINLICH NICHT GEBEN.
Was soll ich nur machen?
Was sagst du denn da, Mielle.

EGAL, WIE KINDISCH SIE SICH AUCH VERHÄLT ...
Wir sind doch eine Familie, die unter einem Dach lebt.
Du kannst mir mein Tuch einfach später geben.
... DAS WAR EIN WENIG ZU VIEL DES GUTEN.
Und da du nun so gut im Sticken geworden bist, freue ich mich schon darauf, wie schön das Taschentuch aussehen wird.
Du wirst mir doch noch eins sticken, oder?
LÄCHEL
Natürlich, Aria
ZUCK

Ich werde mein Bestes geben, deinen Erwartungen gerecht zu werden.
Mach dir keine Sorgen. Auch wenn du dich nicht anstrengst, lieferst du immer ein gutes Ergebnis ab, nicht wahr?
WAS IST DER SINN DAHINTER, SICH ANZUSTRENGEN, WENN MAN ALL DIESE IDIOTEN UM SICH HERUM HAT ...
... DIE EINEN FÜR ALLES LOBEN?
PROST
건배-!!
HAHAHA
하하하..
PROST
짠~
HAHA
하하..
UND SEIT JENEM TAG ...

... HABE ICH NOCH IMMER KEIN TASCHENTUCH VON MIELLE ERHALTEN, EGAL WIE OFT ICH SIE AUCH DANACH GEFRAGT HABE.
Ihr Geburtstag ist schon so lang her.
Ich dachte eigentlich, dass sie mir eins besticken würde, um anzugeben.
ICH WEISS, DASS IHR DAS STICKEN NICHT LIEGT.
SIE MUSS ALSO EINE ANDERE METHODE GEWÄHLT HABEN.
UND GENAU DIESE METHODE ... WERDE ICH HERAUSFINDEN.
부르르
SCHAUDER
Urgh ...!
슥슥
TUPF
Hoho, da wir Winter haben, muss sich das Wasser abgekühlt haben. Halte noch ein wenig länger durch.
Da das Wasser hochklassige Kräuter enthält, wirst du den Effekt sofort sehen können.
깜짝
ZUCK
D... Das ist doch nicht nötig, Fräulein Aria!

D… Die Tatsache, dass Ihr ein weiteres Mal nach mir gerufen habt, reicht mir schon aus …
우물
ZÖGER
ZÖGER
쭈물
OH? WIE ICH ES MIR DACHTE …
DU DENKST DIR BESTIMMT, DASS DU DICH DAMALS FÜR DIE FALSCHE SEITE ENTSCHIEDEN HAST, NICHT WAHR?
HA, DU BIST WIE EIN OFFENES BUCH FÜR MICH.
WRING
Fräulein Sarah wird nach ihrem Debut ein Treffen abhalten.
Und da du mich dorthin begleiten wirst, musst du dich hübsch machen.
Ich tue das nicht, weil ich dich bemitleide.
탁
SCHÜTTEL
탁
Ein gesellschaftliches Treffen …!
Ich sorge einfach nur dafür, dass du „qualifiziert“ genug bist, um daran teilzunehmen.
BLICK
Qualifiziert …!
Übrigens, Annie.

Obwohl mir Mielle ein Taschentuch versprochen hat, habe ich noch immer keins erhalten, was mich ein wenig traurig macht.
Ich möchte bei dem Treffen nämlich damit angeben.
Kannst du mir erzählen ...
... wie Mielle es geschafft hat, so gut sticken zu lernen?
BLICK...
Das würde mich sehr interessieren.
...
Sie hat eine talentierte Lehrerin davon überzeugen können, sie zu unterrichten.
Obwohl ich nur kurz zugesehen habe, habe selbst ich ihre Erklärungen verstehen können.
Oho ..
Ich verstehe.
EINE GUTE LEHRERIN ALSO ... MEINE SANDUHR HAT MIR SCHON WIEDER EINE GUTE CHANCE OFFENBART.
Ich kann aber nichts dagegen machen ...
S... Sie ist nicht mehr im Land, da sie geheiratet und ins Ausland gezogen ist ...
...

Die Lehrerin ... hat das Muster vorgestickt und Fräulein Mielle hat es lediglich ausgefüllt ...
Deswegen ...
우물
STOTTER
쭈물
STOTTER
척
SCHRITT
Ach ... So war das also?

STECK
...
!
Ich habe dir doch gesagt, dass wir erst gegenseitiges Vertrauen aufbauen müssen.
Ich hoffe, dass du als mein Dienstmädchen auch weiterhin gute Arbeit leisten wirst, Annie.
ZITTER
ZITTER
Das werde ich ...!

Ihr könnt mir vertrauen, Fräulein Aria!

GRINS

Guten Tag! Ich habe Geschenke für Fräulein Mielle mitgebracht!
번쩍
FUNKEL
번쩍
FUNKEL
Du meine Güte ...
Noch mehr Geschenke ...Wir werden gleich zu Mittag essen, wollt Ihr Euch uns anschließen?
Haha, es wäre mir eine Ehre.
ER ...
... IST SCHON WIEDER GEKOMMEN?
Das sind ganz schön viele Geschenke ...
UND DAS, OBWOHL SEIN KONTRAHENT EIN HERZOG IST?!

하 하 HAHAHA 하
WAS HAT DAFÜR GESORGT, DASS SICH DIE VERGANGENHEIT SO VERÄNDERT HAT?!
Ihr müsst Euch keine Sorgen machen. Mein Meister möchte Euch damit lediglich seine Güte erweisen.
Wer ist denn Euer Meister? Er scheint großes Interesse an Mielle zu haben ...
Das kann ich leider nicht so einfach sagen, es tut mir leid.
Bitte entschuldigt mich.
Man könnte sagen, dass er der Nachfolger einer ... sehr prominenten Familie ist.
Er ist sehr an intelligenten Menschen wie Fräulein Mielle interessiert.
Du meine Güte!
Bedeutet das etwa, dass er Mielle schon einmal begegnet ist? Immerhin scheint er ja zu wissen, wie intelligent sie ist.
Ich kann mich nicht daran erinnern, solch einer Person je begegnet zu sein ...
Mir wurde gesagt, dass sie zufällig aufeinandergestoßen sind.
Und seit jenem Tag interessiert er sich für Euch ...

HMM
Vielleicht haben wir uns ja an jenem Tag gesehen, als ich mit Cain in der Stadt war ...?
Haha.
Ich werde bald ein Treffen arrangieren. Ich bin mir sicher, dass Ihr ihn sofort erkennen werdet.
Habt noch ein wenig Geduld.
EIN ERBE ...
BLICK
ICH HÄTTE HEUTE MEINE SANDUHR BEI MIR TRAGEN SOLLEN.
ICH SOLLTE ERST MAL EIN WENIG NACHBOHREN, UM AN EIN PAAR INFORMATIONEN ZU GELANGEN.
Euer Meister scheint ein wichtiger Adliger aus dem Ausland zu sein.

Wie kommt
Ihr denn darauf,
Fräulein Aria?
Ganz einfach.
Mir würde niemand
im Königreich einfallen,
der solch einen Reichtum
besitzt.
Und der Marquis
scheint es auch
nicht zu sein.
AUSSERDEM WIRD
SARAH DEN MARQUIS
HEIRATEN.
Warum
denn das?
Alle Adligen
im Königreich sind
sich bereits bewusst,
dass Mielle sich
höchstwahrscheinlich
mit dem Sohn des
Herzogs verloben
wird.
Wenn man
also eins und
eins zusammen-
zählt ...

... handelt es sich entweder um einen Adligen aus dem Ausland, der sich den Umständen dieses Königreichs nicht bewusst ist ...
... oder um den Kronprinzen selbst, da er noch über der Herzogsfamilie steht.
SCHALALA
ZUCK
Haha ...

사뿍
HEB
Was für amüsante Vermutungen Ihr doch habt. Ich war kurz davor, Euch zu korrigieren.
Du meine Güte.
Also lag ich mit beiden Vermutungen falsch?
Haha, würde ich Euch nicht helfen, wenn ich auf diese Frage antworten würde?
Ihr werdet die Details erfahren, sobald er und Fräulein Mielle sich getroffen haben. Habt also noch etwas Geduld.
Mir bleibt wohl nichts anderes übrig.
HAHA
ICH KANN ABER NICHT LÄNGER WARTEN ...!
WENN ICH JETZT NICHT EINGREIFE, WIRD ER SPÄTER AUF MIELLES SEITE SEIN UND PROBLEME VERURSACHEN.
EIN UNWICHTIGER ADLIGER WÄRE KEINE BEDROHUNG FÜR MICH, ABER ...
달각
KLIRR
... ICH MUSS MICH VOR SEINEM HERREN IN ACHT NEHMEN.

ICH FRAGE MICH, OB DAS ALLES EINE FOLGE DER SANDUHR IST ...
Wie schön wäre es, wenn das Nutzen der Sanduhr keine Konsequenzen hätte.
흘깃 SCHIEL
...
ICH SOLLTE AUFHÖREN, ÜBER SEINE IDENTITÄT NACHZU-DENKEN UND MICH AUF DAS WESENTLICHE KONZENTRIEREN.
Probiert doch eins unserer besonderen Fe gentörtchen.
Ich bin mir sicher, dass sie Euch schmecken werden.
Ach, vielen Dank für das Angebot.
HAHAHA
Nächstes Mal wird er unbedingt –
Haha ...
촤악 ZIEH
Habt Ihr gut geschlafen, mein Fräulein?
부스럭 RASCHEL
Ja ...

Fräulein Aria, Eure Augen ...
Sind sie etwa geschwollen ...?
Kannst du mir ein wenig kaltes Wasser holen, damit ich mir mein Gesicht waschen kann?
Sofort!
Mein Fräulein ... Sie konnte bestimmt nicht einschlafen, da sie sich so sehr auf das Treffen mit den jungen Damen gefreut hat ...
Wie erfrischend ...
Das ist unser erstes Treffen, nachdem sie ihr Debut hatte!
Nein, das wird es nicht sein.
Vielleicht hat sie ja bis spät in die Nacht gelesen?
KNIRSCH
Sarah ... Sarah, Sarah!!
Du hast doch sicherlich den Marquis getroffen, oder? Bitte sag, dass ihr euch getroffen habt!!
M... Mein Fräulein.

Ist es wirklich in Ordnung ...
SCHALA
... mich so schick zu machen ...?
Warum denn nicht? Es steht dir doch
N... Na ja, immerhin ist das das erste Mal, dass ich Euch zu einem Treffen begleite!
Ich war mir nicht sicher, ob mir das zusteht ...
Wem würde es denn nicht gefallen, wenn du dich zu dem Treffen ein wenig aufhübschst?
LÄCHEL
DENKST DU WIRKLICH, DASS ICH DAS HIER ALLES OHNE GRUND MACHE?

Fräulein Aria, wir haben uns lange nicht mehr gesehen!
Du meine Güte, Euer Dienstmädchen ist wunderschön!
Es freut mich sehr, dass Ihr wieder gesund ausseht.
Und das Kleid, dass Ihr tragt, sieht bezaubernd aus! Seid Ihr etwa gewachsen?
DAS LIEGT BESTIMMT DARAN, DASS ICH SO VIEL GEGESSEN UND GESCHLAFEN HABE.
Ja! Da ich mich in letzter Zeit glücklicher fühle, esse ich auch wieder regelmäßig.
Ich habe mich sehr auf das heutige Treffen gefreut, da wir uns lange nicht gesehen haben.
Obwohl Ihr nun etwas größer seid, seid Ihr noch immer so liebenswürdig wie zuvor.
Ihr seid hübsch und nett ...
Dem stimme ich zu.
Wir haben Euch auch vermisst.
FREUNDLICH
FREUNDLICH
Viel wichtiger ist aber, wie das Debut verlaufen ist.

Gut, dass Ihr es ansprecht! Es ist etwas ganz Außergewöhnliches passiert!
STRÖM
Wir konnten den heutigen Tag kaum abwarten, da wir alle schon so gespannt sind!
Es geht um Fräulein Sarah!
Es handelt um Fräulein Sarah!
DIESEN REAKTIONEN ZUFOLGE WIRD SIE WOHL ERFOLG GEHABT HABEN ...!
Fräulein Sarah?
Wir müssen heute einiges besprechen.
Fräulein Sarah ist ganz schön spät dran. Ich frage mich, ob etwas passiert ist.
FLÜSTER
FLÜSTER
Ja, nicht wahr?
Es ist bereits eine Stunde vergangen
Bitte entschuldigt meine Verspätung!
Fräulein Sarah!
Ist etwas auf dem Weg passiert?
Und wo habt Ihr den Strauß her?
Als ich gerade das Haus verlassen wollte, ist ein Gast gekommen ...?
Ein Gast?

Der ...
... Diener des Marquis hat mich besucht ...
STRAHL
Es ist etwas passiert, nicht wahr?!
KREISCH
Wir wussten es!
Ihr habt Zeit mit Marquis Vincent verbracht, nicht wahr?!
Du meine Güte!
N... Na ja ...
KLACK
Ich habe aus Versehen mein Taschentuch fallen lassen. Und als ich mich dann umgedreht habe ...
... hat der Marquis es aufgehoben.
Aaah!! Und dann?!
Jedoch ...
... hat er es nur angesehen und mir nicht zurückgegeben.
Und dann hat er mich gefragt, ob er es behalten dürfe, da es so wunderschön aussieht ...
Und dann?!

... habe ich es ihm geschenkt.
Nicht zu fassen!!
Danach ... hat er mich um einen Tanz gebeten.
Ich habe gehört, dass er recht gleichgültig sein soll, aber ich habe ihn als sehr höflich und zuvorkommend wahrgenommen.
MARQUIS VINCENT ... NOCH BEVOR ER ERWACHSEN WURDE, WURDE ER DER KOPF SEINER FAMILIE.
AUS DIESEM GRUND HAT ER SICH NUR FÜR SEINE ARBEIT INTERESSIERT ...
흠—
HMM
SCHNATTER
재잘
ER IST WEDER MIT FRAUEN AUSGEGANGEN, NOCH HAT ER AN FEIERN TEILGENOMMEN.
Ich kann nicht glauben, dass Ihr mit dem Marquis getanzt habt!
Es scheint wohl nicht zu stimmen, dass er kein Interesse an Frauen hat.
Haah ... ich hätte auch lernen sollen, wie man stickt ...
재잘
SCHNATTER
ER HAT NUR AN DEM DEBUT TEILGENOMMEN, DA ER ALS KOPF SEINER FAMILIE DIE PFLICHT DAZU HAT.

Heute hat er mir eine Kette und einen Blumenstrauß zukommen lassen. Und nächstes Mal ...
SCHNATTER
POCH
Nächstes Mal?!
KYAA
Er hat mir einen Brief geschrieben, in dem steht, dass er mit mir am Seeufer spazieren gehen möchte, bevor der Schnee schmilzt ...
OH ... ER IST ROMANTISCHER ALS GEDACHT.
ABER DIE TATSACHE, DASS ER SICH AUF GRUND EINES TASCHENTUCHS VERLIEBT HAT, IST SCHON EIN WENIG ...
Ob er die Art Mensch ist, die sich schnell verliebt?
Dann müsst Ihr ja ein neues Kleid kaufen gehen!
Genau! Ein Kleid, welches zu Eurer neuen Kette passt!
Fräulein Sarah ...
Mögt Ihr den Marquis?
Oh ...
Wie fühlt Ihr Euch, Fräulein Sarah?
Bitte?

Natürlich tut sie das! Immerhin reden wir hier von Marquis Vincent!
Der Marquis gehört der drittmächtigsten Familie des Königreichs an!
KREISCH
Genau!
Na ja ...
Fräulein Sarah, ich weiß zwar nicht, was für ein Mensch der Marquis ist ...
... aber ich denke nicht, dass er böse Absichten hat.
GREIF
Ich möchte, dass Ihr mit jemandem zusammen seid ...
... der Euch glücklich macht.
Fräulein Aria ...

Ihr habt recht. Um ehrlich zu sein, bin ich mir meiner eigenen Gefühle noch im Unklaren. Ich habe nur auf das gehört, was mir meine Mitmenschen gesagt haben.
Vielen Dank, ich werde das im Hinterkopf behalten.
SCHNIEF
글썽
Du liebe Zeit ... Ich finde, dass Eure Zufriedenheit wichtiger als alles andere ist.
Wir sind nur dank der Taschentücher, die du dir gewünscht hast, ins Gespräch gekommen. Noch einmal vielen Dank.
Nicht doch, Fräulein Sarah. Ihr seid doch diejenige, die sie bestickt hat.
HIHI
Was? Der Marquis?
Mit dem Marquis?
Obwohl sie lediglich die Tochter eines Viscounts ist? Und solch ein normales Gesicht hat?
SO SCHLECHT SEHE ICH GAR NICHT AUS ...
WENN ICH ALSO AN EINEM TREFFEN TEILNEHMEN WÜRDE, KÖNNTE ICH AUCH ...

MIR KÖNNTE DAS GLEICHE PASSIEREN ...!
ZITTER
GENAU, ANNIE.
VERGISS DAS NICHT.
GRINS
DIEJENIGE, DIE DEINE WÜNSCHE IN ERFÜLLUNG GEHEN LASSEN KANN ...
... SITZT GENAU VOR DIR.

Immerhin ... sind Eure Hände sehr warm.
Aria ...
Da Ihr erwähnt habt, dass die Hände des Herzogs kalt waren ...
... könnt Ihr das nächste Mal ja seine Hände umschließen und Eure Wärme mit ihm teilen.
Ich... ich kann doch nicht so etwas Gewagtes tun!
Und zum krönenden Abschluss spielt Ihr Eure Trumpfkarte aus.
Ich bin mir nicht sicher, ob ich mir so etwas erlauben darf.
Natürlich dürft Ihr das.

Selbstbestickte Handschuhe! Danach wird er Euch total verfallen sein!
Fall in Love
Ahh!
Du meine Güte!
PERFEKT
완벽
Aber es ist doch bald Frühling ... ist es angemessen, ihm zu diese Jahreszeit Handschuhe zu schenken?
Da ihr schon zwei Mal am Seeufer spazieren wart, gehe ich davon aus, dass er diesen Ort sehr mag.
AUSSERDEM SCHEINT ER RECHT EINFÄLTIG ZU SEIN, WESWEGEN ICH DAVON AUSGEHE, DASS IHM KEIN ANDERER ORT EINFÄLLT ...
Ich bin mir also sicher, dass er sich über jedes Geschenk freuen würde, welches Ihr ihm dort überreicht.
Wirklich?
KICHER
Was soll ich nur machen?
Ihr könnt mir vertrauen.
Aria, wie kommt es eigentlich, dass du dich mit solchen Themen auskennst?
Es macht mich ein wenig verlegen, ständig Ratschläge von dir zu bekommen, obwohl du jünger bist als ich ...
Das liegt daran, dass die Liebe ein beliebtes Thema unter Bürgerlichen ist.

DIE WAHRHEIT IST, DASS ICH IN DER VERGANGENHEIT VIEL ERFAHRUNG MIT MÄNNERN GEMACHT UND EINIGES AN WISSEN ANGESAMMELT HABE.
HA 호 HA 호 HA 호 ...
Selbst Kinder, die jünger sind als ich, haben viel und gerne über Beziehungen geredet!
Ich stelle mir das sehr spaßig vor.
HEHE
도도각 KLACK
도도각 KLACK
Wie schade, dass ich bereits gehen muss.
Das finde ich auch. Ihr müsst aber schnell zurückkehren, um Handschuhe für den Marquis zu besticken.
Also, Aria!
Ich habe mir überlegt, das Design einfach zu halten und die Handschuhe mit seinem Familienwappen zu besticken.
Bitte seid vorsichtig, es handelt sich um wertvolle Ware.
HM? DIE KUTSCHE KENNE ICH GAR NICHT ...
Jawohl
Er schon wieder?!
Er schon wieder?!

AH!
Guten Tag, Fräulein Aria!
Ich bin hier, um mich mit Fräulein Mielle zu unterhalten. Ist sie gerade anwesend?
Ja, aber unsere Eltern sind momentan auswärts beschäftigt.
Das macht doch nichts. Ich bin lediglich hier, um sie zu grüßen, da ich ...
WUSCH
Nein. Ich kann doch nicht zulassen, dass Ihr mit einer minderjährigen Dame allein Tee trinkt, ohne die Erlaubnis unserer Eltern einzuholen.
Haha! Ich bin doch kein Fremder mehr. Ihr müsst Euch keine Sorgen machen.
Haltet Ihr mich wirklich für solch einen schlimmen Menschen?
Ach ... Ich gehe davon aus, dass ich das bereits erwähnt habe, aber Mielle hat einen Verlobten.
Wäre es nicht von Nachteil für Euch, wenn Gerüchte die Runde machen, dass sie Zeit mit einem anderen Mann verbringt?
WARUM SOLLTE ICH JEMANDEM, DER MIELLE MIT GESCHENKEN ÜBERHÄUFT, POSITIV GESINNT SEIN?

Ich möchte doch nur einen Tee mit ihr trinken.
SCHLEICH
Ganz allein?
Aria ...
Seit sie diesem Mann begegnet ist, hat sich ihre Stimmung schlagartig verschlechtert.
DRÜCK
!
Wie wäre es dann, wenn wir beide uns dem Treffen anschließen würden?
Ich habe gerade darüber nachgedacht, wie schön es wäre, noch eine Tasse Tee mit dir zu trinken. Was hältst du davon, Aria?
Ich wollte ja sowieso noch nicht gehen ...
...
DRÜCK
OH NEIN ...

ICH HABE SARAH EINE SEITE VON MIR OFFENBART, DIE ICH EIGENTLICH VOR IHR VERSTECKEN WOLLTE. ICH MUSS MEINE EMOTIONEN BESSER IN DEN GRIFF BEKOMMEN.
Ich habe sogar schon ganz schwitzige Hände.
흠~...
HMM
Also mir würde das nichts ausmachen ... ach übrigens.
Ich habe auch ein Geschenk für Euch, Fräulein Aria.
짜잔~
TADA
TULPEN ...
HAT ER MIR DIESEN MICKRIGEN STRAUSS GEGEBEN, DAMIT ICH IHN MIT MIELLES GESCHENKEN VERGLEICHE?
Sie haben einen angenehmen Geruch.
VOLL
Tulpen sind die Lieblingsblumen meines Meisters.
Ach, ist das so?
Da er unsere Nationalblume zu mögen scheint, scheint er ja sehr patriotisch zu sein.
DREH
Haha, könnte man so sagen.
Die Tulpen sind wunderschön, wo genau habt Ihr sie her?

Wir haben sie in der Nähe unseres Anwesens gekauft, sie sind also nichts Beson...
In der Nähe Eures Anwesens?
Berücksichtigt man die Frische der Blumen, muss Euer Meister irgendwo in der Hauptstadt wohnen.
Ahh ... deswegen habt Ihr also gelacht, als ich gefragt habe, ob Euer Meister im Ausland lebt.
RAUSCH
Er stammt also wirklich aus unserem Königreich.
...
MIR IST SCHON VON ANFANG AN AUFGEFALLEN, DASS SEINE SPRECH- UND VERHALTENSWEISE ZUM KÖNIGREICH PASST.
ICH HABE ZWAR DIE MÖGLICHKEIT IN ERWÄGUNG GEZOGEN, DASS ER VON EINEM AUSLÄNDISCHEN ADLIGEN ALS DIENER ANGEHEUERT WURDE ...
... ABER NUN STEHT FEST, DASS ER EIN ADLIGER AUS UNSEREM KÖNIGREICH IST.

BEDEUTET DAS ETWA, DASS ES EINEN ADLIGEN GIBT, DER MIR NOCH NICHT BEKANNT IST …?
호록…
SCHLÜRF
HANDELT ES SICH ETWA WIRKLICH UM DEN KRONPRINZEN?
ABER DER KRONPRINZ IST DOCH BEREITS MIT DER SCHWESTER VON OSKAR VERLOBT.
EINE VERLOBUNG MIT DEM KRONPRINZEN WÜRDE BEDEUTEN, DASS DIE HERZOGSFAMILIE AUS-GESCHLOSSEN WIRD, WAS SIE NIEMALS ZULASSEN WÜRDE.
DURCH DIE VERLOBUNG VON MIELLE UND OSKAR UND DEN RÜCKHALT DURCH DAS KÖNIGSHAUS STÄRKEN UNSERE FAMILIEN IHREN EINFLUSS IMMER MEHR.
음…
HMM

HEB
ICH BRAUCHE NOCH MEHR INFORMATIONEN.
KLACK
Ihr habt doch erwähnt, dass Euer Meister die Intelligenz von Mielle hautnah miterlebt hat, nicht wahr?
TACK
Das stimmt. Er war beeindruckt davon, wie schnell Fräulein Mielle Informationen sammeln und gezielt anwenden konnte.
HAT DIE SANDUHR ETWA DAFÜR GESORGT, DASS SICH WIEDER ETWAS VERÄNDERT HAT?
... aber anscheinend hat sie ihn bezüglich seines Pelzgeschäfts beraten.
Im geschäftlichen Sinne?
Diese Informationen habe ich vom Grafen ...
HMM
Nein, besser gesagt hat sie die Mode der Prinzessin analysiert und konnte so feststellen, dass Pelz sehr beliebt werden wird.

Bitte …?
Pelz?
ABER DAS …
… WAR MEINE IDEE.
WARTE, ALSO HAT SICH DIE BEZIEHUNG ZWISCHEN MIR UND DEM GRAFEN NICHT VERBESSERT?
ER HAT MIR LEDIGLICH EIN STÜCK FLEISCH HINGEWORFEN, WEIL ICH IHM DAS GEBRACHT HABE, WAS ER WOLLTE? ALS WÄRE ICH EIN HUND?

UND NATÜRLICH ... WIRD SEINE LEIBLICHE TOCHTER FÜR MEINE ERRUNGENSCHAFTEN GELOBT.
ICH KANN DAS NICHT FASSEN. WAS ... HABE ICH MIR NUR GEDACHT?
쥐어악
BALL
HABE ICH WIRKLICH DAMIT GERECHNET, DASS ALLES BESSER WERDEN WÜRDE, WENN ICH MICH BEIM GRAFEN EINSCHLEIME?
WIE KONNTE ICH NUR SO DUMM SEIN?
FÜR DEN GRAFEN BIN ICH DOCH NUR EIN KLOTZ AM BEIN, DEN SEINE ZWEITE HÜBSCHE FRAU ANGESCHLEPPT HAT.
부들...
ZITTER
ICH HÄTTE VORAUSSCHAUENDER DENKEN SOLLEN!

HAHA
Aber jetzt, da ich Fräulein Mielle bereits begegnet bin, scheint sie mir nicht sehr scharfsinnig zu sein.
Man sagt ja nicht umsonst, dass man keine voreiligen Schlüsse ziehen sollte.
Tja, das war bereits zu erwarten.
Es ist doch offensichtlich, dass eine dumme Adlige, die die Lorbeeren von jemand anderem erntet ...
... nichts in ihrem kleinen Hirn hat.
KLIRR
RUCK
All das sind Dinge, die ich nach meinem Tod begriffen habe.
Spielt der soziale Status wirklich so eine große Rolle?
Steht mir absolut nichts zu... weil ich als Bürgerliche auf die Welt gekommen bin?
Was ist bitte so viel besser daran, adlig zu sein?! Sag es mir ...!
BRÜLL

Es macht mich so sauer, dass ich mich auch nur für einen Moment bemüht habe, vor solchem Abschaum gut dazustehen!!
쾅 WUMM
F... Fräulein Aria?!
KRALL
WUMM 쾅
...?!
쾅 WUMM
DREH 휘릭
Ah, ich verstehe. Ihr seid also Teil der Familie Loren.
Genau, ich bin Arias Privatlehrerin.
REISS DICH ZUSAMMEN, ARIA.

KLACK
Oh, Fräulein Mielle ist hier
Guten Tag, Fräulein Mielle. Ich ...
ZIEH
Herzlich Willkommen, Sir Rain.
Ich habe eine Weile gebraucht, da ich mich nicht entscheiden konnte, welches Ihrer Kleider ich anziehen soll.
Ihr seht in jedem Kleid wunderschön aus.
HAHA
ICH SOLLTE DANKBAR SEIN, DASS MIR DAS ALLES BEWUSST WURDE, BEVOR ICH DEM GRAFEN WIEDER EINEN GEFALLEN TUE.
PEINLICH
WENN SIE NICHT VORHABEN, MICH ZU AKZEPTIEREN, BRAUCHE ICH AUCH NICHT VERSUCHEN, MICH MIT IHNEN GUTZUSTELLEN.
Übrigens, Fräulein Mielle.
Es gibt da etwas, das ich mit Euch besprechen möchte.
Es handelt sich um die Wiedereröffnung des Kasinos
Kasino ... Ach, meint Ihr den Ort, an dem die Sklaven festgehalten wurden?
Stimmt ja ...
HMM ... WARUM STELLT ER SIE SO AUF DIE PROBE?

ER MEINTE DOCH, DASS SEIN MEISTER MIELLE KURZ BEGEGNET IST, NICHT WAHR?
Da es nun vom Königreich geführt wird, finde ich, dass wir in das Kasino investieren sollten, damit es zu einer berühmten Touristenattraktion wird, die im ganzen Land bekannt ist.
Ich bin dafür, dass das Kasino wiedereröffnet wird.
HOHO
Das hört sich gut an. Es wird ein Symbol des Königreichs werden.
ICH VERSTEHE. ER SCHEINT WOHL EINEN DIENER VORGESCHICKT ZU HABEN, UM SICH ZU VERGEWISSERN, DASS MIELLE WIRKLICH DIE RICHTIGE PERSON IST ...
Aus dem Grund meinte er auch, dass man keine voreiligen Schlüsse ziehen sollte.
Genau.
STRAHL
PFFT
Wir sollten die Gelegenheit auch gleich nutzen, um eine große Statue des Kronprinzen am Eingang errichten zu lassen!
Aria ...?
KALT
Es tut mir leid, mir ist ein Teeblatt in den Mund geraten ...
ZITTER
ZITTER
EINE STATUE?

SIEH DIR DOCH MAL SEIN GESICHT AN.
ER DENKT BESTIMMT GERADE DARÜBER NACH, WIE ER AUF DEINEN DUMMEN VORSCHLAG REAGIEREN SOLL.
EIN KLEINES KIND WIE DU HAT VON SO WAS HALT KEINE AHNUNG.
... Fräulein Aria, habt Ihr auch einen Vorschlag?
Ach, ich soll also auch eine Idee äußern?
Natürlich. Wir führen doch ein offenes Gespräch.
BITTE? ICH WAR BIS GERADE EBEN NICHT MAL TEIL EURER KONVERSATION!
Ich finde, dass das Kasino geschlossen werden sollte.
Bitte?
Da es vom Königreich geführt werden soll, würde es sich ja um ein legales Spielkasino handeln, nicht wahr?
Und es wäre nicht gerade leicht, Einschränkungen einzuführen, da das Kasino mit der Staatskasse verbunden ist.
Diejenigen, die das Kasino dann besuchen, vertrauen dem Königreich, aber Glückspiele basieren nun mal auf Glück.
Es wird also viele Menschen geben, die ihr Geld verlieren ... Bei den meisten wird es sich wahrscheinlich um arme Bürger handeln, die auf den großen Gewinn hoffen.

Wäre es nicht möglich, ein Limit einzurichten, welches sich nach dem Vermögen richtet?
Und woran genau würdet Ihr das Limit festmachen?
Dem Landbesitz? Den Steuern? Oder der Summe des Geldes?
Ist es möglich, anhand solcher Zulassungskriterien ein Limit festzulegen?
Und ist so etwas für Menschen, die an Glücksspielen interessiert sind, wirklich nachvollziehbar?
Das Glücksspiel ist für Adlige zwar nur ein lustiger Zeitvertreib, aber Bürger kann es in den Ruin treiben.
Dies wiederum würde dazu führen, dass das „Fundament" des Landes bröckelt und auch Adlige darunter leiden.
Und wenn die Bauern dann ohne Geld und nur mit ihrer Unterbekleidung aus dem Kasino geschmissen werden, sehen sie sie endlich.

Die Statue des Kronprinzen!
„Der Kronprinz hat mir mein ganzes Hab und Gut weggenommen!“
„Derjenige, der mich in den Ruin getrieben hat ...“
„... war der Kronprinz!“
So etwas würden sie sich dann denken.
Sir Rain, konnte ich Euch ein wenig helfen?
...
GRINS
Das ist meine Meinung zu dem Thema.

NACH JENEM TAG ...
딸각
KLACK
딸각
KLACK
Es wird langsam Zeit, dass ich mich nach einer neuen Geschäftsidee umsehe ...
Habt Ihr vor, Euer Pelzgeschäft einzustellen?
Ich sollte mich umorientieren.
Wie wäre es, wenn wir auch dieses Mal Fräulein Mielle um Hilfe bitten?
ICH HABE MICH DAZU ENTSCHLOSSEN, EINE NEUE STRATEGIE ZU TESTEN.
MAMPF
오물
오물
MAMPF
Eine neue Geschäftsidee ... Da es bald Frühling wird, wird es auch wieder wärmer draußen ...
Wie wäre es mit Bekleidung aus Seide oder weichem Samt?
할
STRAHL
짝
Die Stoffe sind recht beliebt und halten nicht so warm, was sie perfekt für den Frühling macht.

Hoho
Stimmt. Diese Stoffe werden oft genutzt, um Kleider zu nähen.
Ganz genau.
Ist es ihr nicht peinlich, solch eine inkompetente Idee von sich zu geben ...?
하하.. HAHA
ZITTER ZTTER
Was hältst du davon, Aria?
Ich?
NICK 끄덕
NICK 끄덕
MEINE NEUE STRATEGIE BEINHALTET ...
HMM
GESPANNT
Es stimmt, dass bald der Frühling beginnt.
Ich denke auch, dass Samt und Seide sehr gut ankommen werden!
Seide ist nämlich sehr weich!
FUNKEL
... NICHTS ZU TUN, WAS DIESEN NICHTSNUTZEN ZUGUTEKOMMEN KÖNNTE.

Ich verstehe ...
Haha ...
Hmpf ...
ABER ... DAS WIRD NICHT GANZ AUSREICHEN.
Ach, da fällt mir ein ...
DING
!
ZUCK
Ich würde auch gerne ein Kleid aus Samt haben!
Ich habe nämlich noch keins.
UNSCHULDIG
N... Natürlich.
ICH MUSS IHNEN KLARMACHEN, DASS ICH KEINE GROSSE HILFE SEIN WERDE!
Und ich denke, das habe ich gut hinbekommen.

ICH SOLLTE MICH AUF MICH SELBST KONZENTRIEREN, ANSTATT ANDEREN ZU HELFEN ...
Es wird immer wärmer draußen ...
Ähm ... Fräulein Aria.
Ich würde nächste Woche gern am Fest teilnehmen ...
Dürfte ich mir den Tag freinehmen?
Ein halber Tag würde auch reichen ...
Festival?
ACH, STIMMT. DAS FRÜHLINGSFEST FINDET JA BALD STATT.
DREH
Da ich ja Jessie an meiner Seite habe, kannst du dir gerne zwei Tage freinehmen.
W ... Wirklich, mein Fräulein?!
Natürlich.
Du darfst dir auch ein Kleid aus meinem Kleiderschrank ausleihen. Solange es kein Geschenk an mich war.
WOW
Ehrlich ...?! Vielen Dank!!
ICH HABE EH NUR KLEIDER IN MEINEM SCHRANK, DIE MICH SCHLICHT AUSSEHEN LASSEN.
ICH SOLLTE DIESE MÖGLICHKEIT NUTZEN, UM BESSER DAZUSTEHEN.

AM TAG DES FESTES.
TA
SCHLICHT
DA
Ich werde jetzt aufbrechen, mein Fräulein!
Nein, zieh dir doch etwas Hübscheres an! Wie wäre es mit diesem Kleid hier?
Bitte?!
Ist es wirklich in Ordnung für mich, solch ein Kleid zu tragen?
Vielen Dank!
DU MUSST DICH SCHICK ANZIEHEN, DAMIT DIE ANDEREN DIENSTMÄDCHEN NEIDISCH AUF DICH WERDEN!
Natürlich!
Zieh dich schnell um!!
Auf Wiedersehen!
SCHALALA
SCHALALA
SEHR SCHÖN, JETZT KANN ICH ENDLICH IN RUHE LESEN.
DREH
DREH

...
SEUFZ
Jessie, willst du nicht auch zum Fest gehen?
Oh, i... ich ...
Es ist schon in Ordnung, mein Fräulein!
Ich ...
Um ehrlich zu sein, würde ich gerne hingehen, aber ...
Ich muss meinen Pflichten nachgehen.
저벅
KLACK
HAAH
Sprich bitte Klartext mit mir.
Möchtest du hingehen, aber es ist in Ordnung für dich, hierzubleiben ... oder möchtest du nicht am Fest teilnehmen?
Geh ruhig
Bitte?!
헉
DREH
Wenn du gerne zum Fest möchtest, gebe ich dir den Tag frei.
Ich habe weder heute noch morgen etwas Besonderes vor und werde meine Zeit mit Lesen verbringen.

Aber ...
Das ...
Aber ...
짝
KLATSCH
Wie wäre es, wenn Ihr mich zum Fest begleitet?
Was?
HÄ?
왁자지껄
DRÄNGEL
우글
PLAUDER
우글
PLAUDER
Seht doch, mein Fräulein! Wie schön alles aussieht.
웅성
PLAPPER
웅성
PLAPPER
JETZT BIN ICH DOCH MITGEKOMMEN ...

DAMALS WURDE ICH VOM FEST VERBANNT, WEIL MEIN AUSSEHEN DIE STIMMUNG RUINIERT HAT.
DA ICH MICH ZU SCHLICHT GEKLEIDET HATTE ...
UND ALS ADLIGE NIMMT MAN MEIST NICHT AN SOLCHEN FEIERLICHKEITEN TEIL.
... SOLLTE ALLES FRIEDLICH VERLAUFEN, SOLANGE ICH NICHT WIEDER EINER KOMISCHEN PERSON BEGEGNE.
ABER UM EHRLICH ZU SEIN ... HAT DAS FEST SCHON EIN WENIG MEIN INTERESSE GEWECKT ...
Such dir alles aus, was dir gefällt.
Bitte?!
Mein Fräulein, dort drüben findet ein Auftritt statt.
KICHER
PLAUDER
PLAUDER

Die sind für euch.
Wollt Ihr denn nichts essen?
Denkst du wirklich, dass ich so was essen würde?
Für mich?
SCHNATTER
SCHNATTER
ES SCHEINEN ALLE SPASS ZU HABEN ...
DAS BEWEIST WOHL, DASS DER WINTER ENDLICH VORBEI IST.
DER FRÜHLING KOMMT ...

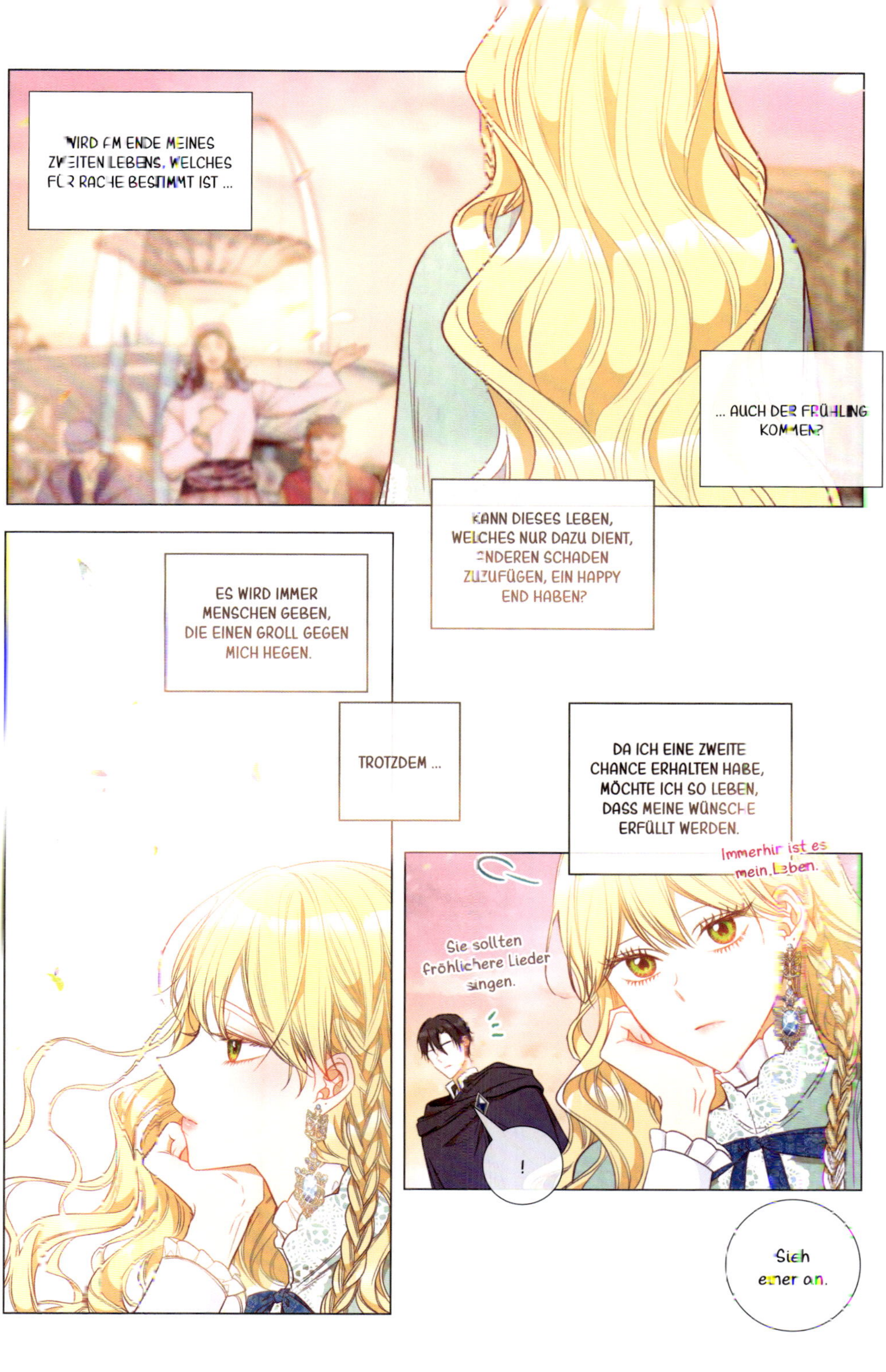
WIRD AM ENDE MEINES ZWEITEN LEBENS, WELCHES FÜR RACHE BESTIMMT IST ...
... AUCH DER FRÜHLING KOMMEN?
KANN DIESES LEBEN, WELCHES NUR DAZU DIENT, ANDEREN SCHADEN ZUZUFÜGEN, EIN HAPPY END HABEN?
ES WIRD IMMER MENSCHEN GEBEN, DIE EINEN GROLL GEGEN MICH HEGEN.
TROTZDEM ...
DA ICH EINE ZWEITE CHANCE ERHALTEN HABE, MÖCHTE ICH SO LEBEN, DASS MEINE WÜNSCHE ERFÜLLT WERDEN.
Immerhin ist es mein Leben.
Sie sollten fröhlichere Lieder singen.
!
Sieh einer an.

Ich hätte nicht damit gerechnet, dass wir uns hier begegnen würden.
Oh ...
Ihr scheint also Feste zu mögen.
Wir beide treffen einander ganz schön oft. Seid Ihr hier, um ein wenig spazieren zu gehen?
DREH
홱
IGNORIER
무시
Ich bin auch hier, um mir das bunte Treiben auf der Straße anzusehen.
Feste sind eine schöne Sache.
OBWOHL ICH IHN IGNORIERE, LÄSST ER MICH EINFACH NICHT IN RUHE.
Aber
WARUM SEHEN WIR UNS EIGENTLICH SO HÄUFIG?
Warum steht er da so komisch ...?

ES SCHEINT, ALS WÜRDE ER ETWAS VON MIR WOLLEN …
ICH WEISS ABER NICHT, WAS.
Ich verstehe. Ich hatte bis gerade eben auch noch Spaß an der Feier …
… aber meine Freude ist plötzlich verflogen.
Das liegt bestimmt an einer gewissen Person.
Oh, ich verstehe.
HAHA
WENN DU MICH VERSTEHEN WÜRDEST, WÜRDEST DU JETZT DAS WEITE SUCHEN!
?!
Vorsicht … Dieser Mann …!
SELBST JESSIE HAT IHN ERKANNT UND BEOBACHTET IHN MISSTRAUISCH.
Sir Ash …

...
소곤 FLÜSTER
소곤 FLÜSTER
Wie soll ich verfahren?
WAS SOLL DAS? WIE AUFFÄLLIG WILL ER DENN BITTE SEIN?
소곤 FLÜSTER
끄덕 NICK
ICH SOLLTE VON HIER VERSCHWINDEN, BEVOR NOCH ETWAS PASSIERT ...
Wie schade.
싹 DREH
Meiner Begleitung ist leider etwas dazwischengekommen, weswegen ich nun allein unterwegs bin.
생글 LÄCHEL
생글 LÄCHEL
Übrigens, es gibt da etwas, das mich schon seit einer ganzen Weile stört.

Euer Kleid ist recht ... schlicht.
WAS?
Warum interessiert dich das?
Ich nehme an ...
... dass Ihr eine Menge Geschenke erhaltet.
Hat Euch keins dieser Geschenke ... zugesagt?

Oh, nein. Ich sollte jetzt langsam gehen ...
?
Warum interessiert er sich so für meine Kleidung?
SEINE FRAGEN WERDEN IMMER KOMISCHER, ICH SOLLTE SCHNELL NACH HAUSE ZURÜCKKEHREN.
PENG
ZISCH
PENG
?!
PENG
PENG
EINE EXPLOSION?!
Argh!
PENG
TUMMEL
Das ist viel zu früh ...
MURMEL
PENG
Kyaa!
WAS?

Bitte entschuldigt mich, mein Fräulein.
GREIF
Hier entlang!
DREH
WAS?
PENG
HÄÄ?!
Mein Fräulein!!
PENG
PENG
FLITZ
PENG
PENG

DIE EXPLOSIONEN, DAS LICHT ...
... UND DIE SCHREIE DER MENSCHEN.
DIE HAND, MIT DER ER NACH MIR GEGRIFFEN HAT ...

... FÜHLTE SICH WIE EINE RETTUNGSLEINE AN ..
... DIE UNS BEIDE MITEINANDER VERBAND.
Haah, haah ...
Haah ...
Geht es Euch gut?
Oh ...
Ja.
KLATSCH
MIR IST IN LETZTER ZEIT AUFGEFALLEN ..
... DASS ICH ...

... LEICHT DEN VERSTAND VERLIERE, WENN ICH IN VERLEGENHEIT GERATE!
ICH MEINE, WARUM HABE ICH SEINE HAND MIT EINER RETTUNGSLEINE VERGLICHEN?!
Ich fasse es nicht ...!
HAHA
Es freut mich, dass Ihr wohlauf zu sein scheint.
힐끗
BLICK
!
Würde es Euch etwas ausmachen ...
... dieses Tuch zu nutzen? Sie wurden vorhin beim Fest ausgeteilt.
척
ANLÄSSLICH DES 171. FRÜHLINGSFESTES
엇
REICH
Ich nehme es dankend an.
Was zum ...
IST ES ETWA SEINE ABSICHT, EINEN STREIT MIT MIR VOM ZAUN ZU BRECHEN?

Wo sind wir eigentlich?
Wir sind sehr lange gerannt ...
Das weiß ich nicht.
Aber Ihr seid doch absichtlich in diese Richtung gerannt.
Es sah so aus, als hättet Ihr ein Ziel vor Augen.
Haha, da muss ich Euch recht geben.
ICH WILL MIR NICHT VORWERFEN MÜSSEN, FÜR EINEN KURZEN MOMENT DEN VERSTAND VERLOREN ZU HABEN ...!
ABER WIE KONNTE ICH NUR ZULASSEN, DASS ER MICH INMITTEN DES CHAOS EINFACH MITZIEHT?!
LEG
PFFT
ARGH
Ah ...
Ihr könnt das Tuch behalten.

Wie dem auch sei ...
MIR KOMMT DIESE GASSE ÜBERHAUPT NICHT BEKANNT VOR ...
UND DAS, OBWOHL ICH MICH HIER EIGENTLICH RECHT GUT AUSKENNE. SIND WIR WIRKLICH SO WEIT GERANNT?
DREH
POCH
ICH SOLLTE SO SCHNELL WIE MÖGLICH ZURÜCKKEHREN, BEVOR ICH NICHT MEHR RICHTIG LAUFEN KANN.
HUMPEL
HUMPEL
Meine Füße tun bereits weh ...
Wo wollt Ihr hin?
HUMPEL
Zurück. Es gibt keinen Grund, hier ewig rumzustehen.
Wisst Ihr denn, wo Ihr lang müsst?
HUMPEL
HUMPEL
Nein.

Aber der Nachthimmel sieht dort drüben ein wenig heller aus.
Wir sollten uns also in diese Richtung bewegen.
OH
Ist dem so?
움찔
ZUCK
!
Mein Fuß ...
SENK
Soll ich Euch auf meinem Rücken tragen?
띵
DING!
?!
Nein?!
Es sieht aber so aus, als hättet Ihr Schmerzen.
찡긋
ZWINKER
부들
ZITTER ...
Selbst wenn ...
ZITTER
부들

SELBST WENN ICH SCHMERZEN HÄTTE, WÜRDE ICH NIE ETWAS TUN ...
... WAS MICH IN DEINER SCHULD STEHEN LÄSST!
HEB
Hahaha!
Als adlige Dame könnt Ihr doch nicht einfach barfuß herumlaufen.
HUMPEL
HUMPEL
Wollt Ihr mir damit etwa sagen, dass Ihr lieber barfuß lauft, statt von mir getragen zu werden?
Da Ihr der Einzige seid, der mich so sehen wird, macht mir das überhaupt nichts aus!
HMPF
HUMPEL
Seid Ihr mir gegenüber noch immer misstrauisch?
Vielleicht werde ich Euch ja später einen Nutzen bringen.
STAPF
STAPF
HUMPEL
HUMPEL
Ich denke nicht, dass das der Fall sein wird.
HUMPEL
FINDEST DU NICHT AUCH, DASS ES BEREITS VIEL ZU SPÄT IST, EINEN GUTEN EINDRUCK MACHEN ZU WOLLEN?
HUMPEL

Das liegt bestimmt daran, dass Ihr mich noch nicht so gut kennt.
HAHA
Nicht doch.
LEHN
Dasselbe gilt für Euch.
Also ich würde behaupten, dass ich eine Menge über Euch weiß.
HMM, MEINT ER DAMIT ETWA GERÜCHTE ÜBER MICH?
ICH DENKE NICHT, DASS NACH MIELLES GEBURTSTAGSFEIER NOCH IRGENDWELCHE KOMISCHEN GERÜCHTE ÜBER MICH DIE RUNDE GEMACHT HABEN ...
... ABER MIELLE KÖNNTE NATÜRLICH VERSUCHT HABEN, WELCHE ZU VERBREITEN.
Ich weiß, dass ...
... Euer Schein trügt, mein Fräulein.

WAS GENAU WILL ER DAMIT SAGEN?!
DREH
GREIF
SEIN BLICK IST SO …
ALS WIR UNS DAS ERSTE MAL BEGEGNET SIND, HATTE ICH GENAU DAS GLEICHE GEFÜHL …
AUS IRGENDEINEM KOMISCHEN GRUND …
ICH KANN … MEINE AUGEN EINFACH NICHT VON IHM LOSREISSEN.
… SEHNE ICH MICH NACH DER FARBE SEINER AUGEN.

쭈욱
KNEIF
조용
STILLE
...?
스윽
LEHN
Bald ...
소곤..
FLÜSTER
... werde ich Euch ...
... alles über mich erzählen.
탁
FLATTER
Natürlich erst, nachdem wir uns ein wenig nähergekommen sind.
Wir werden uns wiedersehen.
Wenn die Zeit es erlaubt, schon sehr bald.
N... Nein ...
부들
ZITTER
부들
ZITTER
ICH MÖCHTE DICH ABER NIE WIEDER SEHEN!

Ich freue mich schon auf jenen Tag.
휙
DREH
Einen Moment, wo wollt Ihr …
Mein Fräulein!!
FLITZ
Hm?
Da seid Ihr ja, mein Fräulein!
Seid Ihr irgendwo verletzt?!
WAR DAS …

Nein, mir geht es gut.
Eure Kutsche steht schon bereit.
Wir sollten jetzt langsam zurückkehren.
Wer weiß, was noch passieren wird …
Gut, lasst uns gehen …
WAR DAS GERADE EINE ILLUSION? ODER … EIN TRAUM?
…
Wir müssen hier entlang.
ES SCHEINT WOHL …

… DOCH KEIN TRAUM GEWESEN ZU SEIN.
Bezüglich des Feuer-werks …
Nach dem Vorfall habe ich die Händler dazu befragt.
Anscheinend waren sie für den Auftritt vorgesehen, sie wurden aber fälschlicherweise in der Nähe des Publikums aufgestellt.
Da ich auf der anderen Seite gesessen habe, habe ich mich gefragt, was denn los ist.
Es kam zu großer Aufregung, da sie alle mit einem Mal explodiert sind …
Ich verstehe …
Sie hätten sich besser darum kümmern müssen! Das hätte richtig schiefgehen können.
Aber die Königsfamilie hat dafür gesorgt, dass die Verletzten behandelt werden.
Ach, das freut mich zu hören, aber …
재잘 SCHNATTER
재잘 SCHNATTER
HMM, DAS GANZE INTERESSIERT MICH NICHT WIRKLICH.
GANZ IM GEGENSATZ ZU IHM …
LEIDER HAT ER RECHT … ICH WEISS NICHTS ÜBER IHN.
흠… HMM
ICH GEHE LEDIGLICH DAVON AUS, DASS ER EIN ADLIGER VOM LAND IST …

UND DAZU KOMMT NOCH, DASS ER KEINE MANIEREN HAT UND SO TUT, ALS WÜRDE ER ALLES WISSEN.
HMM
FÜR WEN HÄLT ER SICH EIGENTLICH? UND WARUM TUT ER SO, ALS WÜRDE ER MICH IN- UND AUSWENDIG KENNEN?!
LODER~!!
ES SCHEINT, ALS WÜRDE ER AUF JEDEN HERABBLICKEN ...
Ach, stimmt! Mein Fräulein, ich habe Neuigkeiten.
Neuigkeiten?
Ja, na ja ... Fräulein Mielle ...
ZÖGER
ZÖGER
Darf ich das überhaupt sagen?
Hmm ... da du es deiner Herrin erzählst, sollte es doch kein Problem sein, oder?
Diese Haarspange würde dir sehr gut stehen.
Die ist wirklich sehr schön.
HEHE
Wisst Ihr ...

Anscheinend soll Fräulein Mielle einen Brief an Fräulein Isi geschickt haben.
Und in dem Brief ...
... soll sie nur über Sir Oskar geschrieben haben!
Herzlich Willkommen.
Fräulein Mielle.
TACK
Wie wäre es ...
... wenn wir heute eine freudige Unterhaltung über unsere Zukunft führen?

MEIN EHEMANN HAT SICH DAS LEBEN GENOMMEN, NACHDEM SICH SEINE SCHULDEN NUR NOCH SO GEHÄUFT HABEN.
UM DIESE SCHULDEN ZU BEGLEICHEN, HABE ICH SOGAR MEINEN ADELSTITEL ABGELEGT ...
... DOCH SIE WURDEN EINFACH NICHT WENIGER.
HMPF
ICH BEGANN, EIN PAAR KLEINIGKEITEN FÜR FAMILIE ROSCENTE ZU ERLEDIGEN ...
... DOCH DURCH DEN STRESS VERLOR ICH MEIN KIND..
Ach, dich ...
... habe ich doch bei meinem Debut gesehen, nicht wahr?

Du arbeitest also hier?
Das sind ja fantastische Neuigkeiten!
Bitte?
Ich bin gerade auf der Suche nach einem persönlichen Dienstmädchen, weißt du?
Ich möchte nämlich, dass jemand mit adligem Status nach meiner Tochter schaut.
Ich kann sie ja nicht einfach jedem überlassen.
UND SO HAT ES SICH ERGEBEN, DASS ICH EINES IHRER ENGSTEN DIENSTMÄDCHEN WURDE, ABER ...
... DIE GRÄFIN IST KURZ DARAUF VERSTORBEN UND LIESS DIE KLEINE MIELLE ZURÜCK.
So kommt doch wieder zu Euch!
Holt einen Verband!
HEKTISCH
HEKTISCH
Nein, sie verliert viel zu viel Blut!
Gräfin!
MURMEL
MURMEL
MURMEL
HAAH
ES IST MEINE AUFGABE, MICH UM DICH ZU KÜMMERN.
MIELLE, MEIN KIND ...

ICH WERDE DAFÜR SORGEN, DASS DU GLÜCKLICH WIRST.
Das Essen ist ja köstlich!
Hoho, schmeckt es Euch? Greift ruhig zu.
A… Aber …
Er …
Er wird doch bald kommen …?
Ahh.
Da ich mich noch ein wenig mit Euch unterhalten wollte, habe ich Oskar gesagt, dass er später kommen soll.
Oh …!

Es freut mich sehr, dass wir unser Gespräch weiterführen können!
STRAHL
방긋
NATÜRLICH. DAS MAG ICH AUCH SO AN DIR.
DU BIST EINE ADLIGE, HAST MANIEREN UND SIEHST HÜBSCH AUS.
DAS WICHTIGSTE IST ABER ...
... DASS DU SEHR VORSICHTIG BIST UND VERSUCHST, MIR ZU GEFALLEN, MIR ABER AUCH MITTEILST, FALLS DU DIR ETWAS WÜNSCHT.
OSKAR MAG ZWAR GEHORSAM SEIN, ABER ES BRINGT NUR SCHWIERIGKEITEN MIT SICH, WENN SEINE ZUKÜNFTIGE PARTNERIN IHREN EIGENEN KOPF HAT.
GOTT SEI DANK ERFÜLLST DU ALL MEINE BEDINGUNGEN, MIELLE ROSCENTE.
Ich fühle mich schon ein wenig einsam. Es ist recht schwer, Sir Oskar in letzter Zeit zu Gesicht zu bekommen.
Was Ihr nicht sagt. Er mag zwar beschäftigt sein, aber ...
... ich sollte ihn dafür ausschimpfen, Euch so ein Gefühl zu geben.
Es macht mich nur traurig, dass ich ihm nicht helfen kann ...
N... Nein, das ist nicht nötig!
Ich weise noch sehr viele Mangel auf ...
Darüber müsst Ihr Euch keine Sorgen machen, Fräulein Mielle.
Ihr werdet Euch nämlich ganz sicher mit Oskar verloben.
KLACK
달각
... Wirklich?

Ja.
Das ist nämlich ein Wunsch von mir.
활짝
KLACK
Wenn das Euer Wunsch ist, wird er sicherlich in Erfüllung gehen!
FRÄULEIN ISI ...
... IST EINE SEHR EINFLUSSREICHE FRAU DER FAMILIE FREDERICK ... DIE MÄCHTIGSTE FAMILIE NACH DER KÖNIGSFAMILIE.

IHR SCHARFER INTELLEKT UND IHRE GERISSENHEIT HAT DAFÜR GESORGT, DASS VIELE ADLIGE SIE UNTERSTÜTZEN.
GERÜCHTEN ZUFOLGE SOLL SIE SOGAR DIE ZUKÜNFTIGE KRONPRINZESSIN WERDEN.
WENN MIELLE TEIL IHRER FAMILIE WIRD, WIRD ES NIEMAND MEHR WAGEN, SIE ZU BELÄSTIGEN.
Da bist du ja, Oskar. Setz dich doch zu uns.
...
Fräulein Mielle?

GRINS
...
ZIEH
Wir haben uns lange nicht gesehen, Sir Oskar.
Du liebe Zeit, Ihr seht ja richtig erschöpft aus. Geht es Euch gut? Hier, trinkt doch eine Tasse Tee ...
SEUFZ
Mir geht es bestens.
Das ist nicht nötig, Fräulein Mielle.
Lasst mich Euch trotzdem ...
Ihr werdet doch bald Eure Zukunft miteinander teilen.
Was sagst du denn da?
Noch sind wir nicht verlobt, Schwesterherz ...
Das weiß ich doch.

Du wirst bald erwachsen sein, aber Mielle muss noch ein Jahr warten.
...
펑
ERRÖT
Hach, er ist solch ein schroffes und unverblümtes Kind.
Nehmt es ihm nicht übel, Fräulein Mielle.
Nicht doch!
Es ... macht mich schon glücklich genug, dass Ihr nun an meiner Seite seid.
IMMERHIN SIND SIE NICHT HIER.

DIE NIEDEREN DIRNEN.
ICH WERDE ALS MIELLE FREDERICK EIN PERFEKTES LEBEN FÜHREN.
OHNE JEGLICHE MAKEL ...
AHH ...

ES FÜHLT SICH SO AN, ALS WÜRDE DIES HIER IN EIN PAAR JAHREN MEIN ALLTAG WERDEN ...

다그닥 TRAB
다그닥 TRAB ...
Ich habe dir doch gesagt, dass du Beziehungen nicht auf die leichte Schulter nehmen sollst.
Aber Isi ...
Denkst du wirklich, dass es vorbei sein wird, sobald ich Kronprinzessin werde?
Der Adel hat noch immer nicht genug Macht. Wir müssen uns miteinander verbünden.
Und ich brauche standhafte Unterstützung von jenen, die Macht haben.
탁 TACK
Dir ist bestimmt schon bewusst ...
... dass ich nur so genug Kraft schöpfen kann, um dieses Königreich zu regieren.

Verhalt dich nicht so kindisch, Oskar.
Ich möchte doch nur das Beste für unsere Familie.
RAUSCH
Sag bloß ...
... dass die Gerüchte stimmen.
Ich bin mir nicht sicher, über welche Gerüchte du sprichst.
Sieh mir in die Augen und antworte mir, Oskar.
Ich spreche über die Gerüchte, dass du dich für die Tochter der Prostituierten interessierst.
움찔 ZUCK
KLACK
Hmm ...
KLACK

HEB
KLATSCH
Als ich das erste Mal gehört habe, dass der Graf eine Prostituierte geheiratet hat, habe ich gedacht, er hätte den Verstand verloren …
Es scheint aber, als hätten sie ein Talent dafür, Männer um ihre kleinen Finger zu wickeln.
Nein, Isi. Ich …
Mach dir keine Sorgen, Oskar.

Wenn sich ein Problem auftut ...
... muss man es bei der Wurzel packen und ausrotten, nicht wahr?
Du hast die schlechte Angewohnheit, dich stets um die Schwachen zu sorgen.
Du bist so beschäftigt damit, über sie nachzudenken, dass du deine eigene Position vernachlässigst.
Es ist deine Aufgabe, die Familie Frederick zu leiten.
Aber das ... ist lediglich dein Wunsch ...
BALL
Ich folge stets deinen Anweisungen, aber ... was ist mit meinen Wünschen?
Das ist dir doch nicht neu.

Du hast das zu tun, was ich dir sage. Oder hast du ein Problem damit?
Wenn du dich so von deinen Emotionen leiten lässt …
Aber Isi, sie trägt doch keine Schuld!
Das weiß ich.
Ich würde auch nie jemandem etwas antun, der keinen Fehler gemacht hat.

Wie wäre es also, wenn du ihr die Wahrheit sagst, bevor sie einen Fehler begeht?
Schreib ihr doch einen Brief, in dem du dich dafür entschuldigst, so kalt zu sein ...
... und ihr versprichst, dass so etwas nie wieder vorkommt?
Ich soll ihr die Wahrheit sagen ...?
An Mielle, natürlich.
Da du einen schlechten Geschmack hast, werde ich mich um die Geschenke kümmern.
Oskar, mein lieber Bruder ...
Ich werde dir den richtigen Weg weisen.
Verirr dich also nicht und folge mir.
Ich freue mich schon darauf, was du in Zukunft erreichen wirst.

...
Aber sie ...
.. hat es nicht verdient, so behandelt zu werden.
Mein Fräulein! Fräulein Aria!
Ein Brief von Sir Oskar ist eingetroffen!
Was?
Aber ich habe doch noch gar nicht auf seinen vorherigen Brief geantwortet.
KREISCH
Es stimmt also, dass Ihr eine ganz besondere Beziehung habt!

Es spricht sich schon überall herum, dass Sir Oskar sich in Euch verguckt hat, Fräulein Aria!
Er hat Euch sogar ein Kleid geschenkt!
Du meine Güte, Annie! Würde mich das nicht zu einem bösartigen Menschen machen?
Ein Mensch, der seiner Schwester ihren Verlobten ausgespannt hat.
Was sagt Ihr denn da? Ihr habt ihn ihr nicht ausgespannt! Er hat sich lediglich in Euch verliebt.
Außerdem wird ja nur darüber geredet, dass die beiden sich verloben werden. Passiert ist es noch nicht.
Sei leise.
부스럭
RASCHEL
?
Mein Fräulein?
Ist alles in Ordnung?
DA MEIN ABSCHLUSS BEVORSTEHT, WERDE ICH VON NUN AN KEINE BRIEFE MEHR MIT EUCH AUSTAUSCHEN KÖNNEN.
BITTE BLEIBT GESUND.
OSKAR.
Fräulein Aria?

WAS ... HAT DAS ZU BEDEUTEN?
BITTE BLEIBT GESUND.
WARUM ... VERHÄLT ER SICH AUF EINMAL SO KOMISCH?!
SCHWENK
Annie, geh und hol kaltes Wasser.
Was? O... Okay!
WAS SOLL DAS, OSKAR?!
Mein Fräulein, Ihr seid ja ganz blass im Gesicht ...
Legt Euch doch eine Weile hin.
OSKAR, OSKAR!!
OSKAR!

STÜRM
Fräulein Aria, ich habe schlechte Nachrichten!
Als ich nach unten gegangen bin, h... hat Fräulein Mielle einen Brief erhalten!
Anscheinend ...!
... hat er in dem Brief die Verlobung erwähnt ...!
WUMM
HMPF
Mein Fräulein!
M... Mir geht es gut. Was stand denn in dem Brief drin?
HMM
Wisst Ihr, da Fräulein Mielle den Inhalt wie ein Lied vor sich hergesungen hat, habe ich mir den Inhalt gemerkt.

ALLEIN DER GEDANKE DARAN, DASS IHR AM TAG UNSERER VERLOBUNG DIE GOLDENE ROSE IN EUREN HAAREN TRAGT, LÄSST MEIN HERZ SO HOCH SCHLAGEN, DASS ICH NICHT SCHLAFEN KANN …
… stand in dem Brief!
LÄCHEL
Wer ist diese Person?
OSKAR SOLL DAS GESCHRIEBEN HABEN?
Ich gehe davon aus, dass Fräulein Isi den Brief geschrieben haben muss!
Sir Oskar würde so etwas nie sagen!
Wer? Fräulein Isi?
BRODEL
BRODEL
Alle Dienstmädchen wissen, dass Sir Oskar Fräulein Mielle gegenüber nicht so herzlich ist!
Jedoch erhält sie stets Geschenke und Briefe, nachdem sie Fräulein Isi besucht hat.
Ich bin mir also sicher, dass entweder sie den Brief geschrieben … oder Sir Oskar dazu gezwungen hat!
Es wissen alle, dass er einen schlechten Geschmack hat, was Geschenke angeht, aber dieses Mal hat er nur schöne Sachen mitgeschickt!
STIMMT JA … FRÄULEIN ISI.

SIE IST MIELLES MÄCHTIGSTE BEFÜRWORTERIN ...
FRÄULEIN ISI FREDERICK!
DA ICH IHR NOCH NIE PERSÖNLICH BEGEGNET BIN, IST SIE MIR ÜBERHAUPT NICHT IN DEN SINN GEKOMMEN ...!
ICH HABE EIGENTLICH DAMIT GERECHNET, DASS ICH DIE FREDERICKS BEWÄLTIGEN KANN, SOLANGE ICH OSKAR UM MEINEN KLEINEN FINGER WICKELE ...
... ABER WER HÄTTE DAMIT RECHNEN SOLLEN, DASS FRÄULEIN ISI STARK GENUG IST, UM OSKAR ZU UNTERDRÜCKEN?
DA SIE BALD TEIL DER KÖNIGLICHEN FAMILIE WIRD, DACHTE ICH, DASS OSKAR DAS EINFLUSSREICHSTE MITGLIED DER FREDERICKS WÄRE ...
... ABER ...
... WENN SIE DIEJENIGE IST, DIE DIE ENDGÜLTIGEN ENTSCHEIDUNGEN TRIFFT ...

... DANN IST ES NUR VERSTÄNDLICH, WARUM MIELLE UND OSKAR IN DER VERGANGENHEIT GEHEIRATET HABEN ...
... UND WIE MIELLE IN DER LAGE WAR, SO VIEL MACHT ANZUSAMMELN.
FRÄULEIN IS IST DIEJENIGE, DIE FÜR ALL DAS VERANTWORTLICH WAR ...!
WAS SOLL ICH JETZT NUR MACHEN?
AUCH WENN OSKAR DAZU GEZWUNGEN WURDE, MIELLE DEN BRIEF ZU SCHICKEN ...
... ÄNDERT DAS NICHTS AN MEINER JETZIGEN SITUATION.
Urgh ...
Uääähhh!
풀썩
PLUMPS
WAS SOLL ICH MACHEN?!

UÄÄHHH
Mein Fräulein!
Hier, trinkt etwas Wasser!
반짝
FUNKEL
Oh!
Was für eine schöne Rose. Ich erinnere mich nicht daran, sie mitgebracht zu haben ...
Haha. Mir wurde gesagt, dass Mielle sie von ihrem zukünftigen Verlobten bekommen hat.
Wow!
Er scheint ein gutes Auge für Geschenke zu haben.
반짝 FUNKEL
GRRR
FUNKEL 반짝
SOLL ICH DIE SANDUHR NUTZEN, UM MEINE HÄNDE KURZ UM IHREN HALS ZU SCHLINGEN ...?
BRINGEN WÜRDE DAS ABER NICHTS ...
SEUFZ
피식
GRINS

ICH WERDE DICH UND MIELLE SCHON NOCH LOSWERDEN.
BALL
DAFÜR WERDE ICH SORGEN! HAST DU MICH VERSTANDEN?!
Übrigens, was war denn heute Vormittag los?
Ich dachte schon, dass etwas Schlimmes passiert wäre, da du so plötzlich aufgebrochen bist.
Ach, es gab ein Problem mit unseren Steuern …
… aber Rain hat mir dabei geholfen, es zu lösen.
Ach, habt Ihr das?
Haha, um ehrlich zu sein hat mein Meister seine Verbindungen spielen lassen.
Er kennt nämlich jemanden, der für den Zoll arbeitet.
HAHA
Ihr helft uns ständig aus der Patsche. Es tut mir leid, dass wir Euch lediglich Abendessen anbieten können …
Ich würde Euren Meister gern zum Dank einladen.
HAHA
Natürlich. Er ist bereits dabei, einen freien Tag zu finden.
HOHO
Dann werden wir ihn ja endlich Mal kennenlernen.
우물우물
MAMPF
우물우물…
MAMPF

WORÜBER FREUT IHR EUCH ALLE SO ...?
DAS KARTENHAUS, DAS ICH VORSICHTIG AUFGEBAUT HABE, IST EINFACH IN SICH ZUSAMMENGEFALLEN ...
하하
HAHA
호호
HOHO
MACHT EUCH EUER LEBEN ETWA SO VIEL SPASS?
SEUFZ
ICH HALTE DAS NICHT MEHR LÄNGER AUS. ICH WERDE MIELLE SCHNELL WÜRGEN UND DANN NACH OBEN GEHEN.
Da fällt mir ein ...
Fräulein Mielle, habt Ihr eine Idee, wie wir dieses Problem lösen können?
Bitte? Ich?
Da das Problem ein weiteres Mal auftauchen könnte, brauchen wir eine Lösung dafür ...
HMM
Das stimmt.
Alle Waren, die sich innerhalb der Hauptstadt befinden, werden auch als Waren der Hauptstadt angesehen.
Wenn wir sie also exportieren, müssen wir wieder Steuern zahlen.
Dazu kommt noch, dass sie als luxuriöse Waren eingestuft werden, weswegen wir noch mehr Steuern zahlen müssen ...
Normalerweise achten wir darauf, dass keine unserer Waren mehr übrigbleibt ...
... aber es ist recht schwer abzuschätzen, wie viele unserer Waren sich verkaufen.
ACH, ICH ERINNERE MICH DARAN ...

IN DER VERGANGENHEIT HAT CAIN EINE LÖSUNG GEFUNDEN ...
... WELCHE DIE BEZIEHUNG ZWISCHEN IHM UND DEM GRAFEN GESTÄRKT HAT.
Ich ... habe zwar noch nicht richtig darüber nachgedacht, aber ...
... wie wäre es, wenn Ihr meinem Vater dem Zollbeamten vorstellt?
STRAHL
Sollte er dann nicht in der Lage sein, dass Problem zu lösen?
음— ....
SCHIEL
N... Natürlich, ich werde die beiden miteinander vertraut machen ...
하하
HAHA
Haha, unsere Melle ist so kontaktfreudig.

SEUFZ
DU KANNST DOCH KEINEM MANN, DEN DU KAUM KENNST, DEINE STEUERN ÜBERLASSEN.
Wie einfältig.
Sicher. Lasst uns auch in Zukunft die persönlichen Verbindungen von Sir Rain ausnutzen …
Unsere Familie ist wohl nicht in der Lage, ohne Sir Rains Hilfe zurechtzukommen.
HOHO
W… Was willst du damit sagen?
Na ja, ich dachte mir Folgendes …
Wie wäre es, wenn wir in der Nähe der Hauptstadt eine Lagerhalle errichten?
Das wäre doch eine simple Lösung, nicht wahr?
Eine Lagerhalle?
Wie meinst du das?
Ach, ich habe nur so vor mich hingeredet.
HAAH

SEUFZ
Da die Hauptstadt sehr hohe Steuern einnimmt, könnten wir in der Nähe ein Lager errichten lassen ..
PLAPPER
Dann wären wir auch in der Lage, unser Inventar zu vergrößern, sollte die Nachfrage steigen.
Das würde dazu führen ...
... dass die Steuern des Imports in andere Gegenden nicht ansatzweise so teuer wären.
Ah! Wie wäre es, wenn wir den Handel gleich in der Lagerhalle stattfinden lassen würden?
PLAPPER
Waren die privat gekauft werden, gehören den Käufern, weswegen keine Steuern anfallen.
PLAPPER
Ich habe mir solch eine simple Lösung einfallen lassen ...
... da es doch unangebracht wäre, ständig den Zollbeamten um Hilfe zu bitten, nicht wahr?
STAUN
Simpel? Eure Idee ist brillant!
WOW
OHA
Dem stimme ich zu!
A... Aber es kostet doch viel zu viel Geld, eine Lagerhallte zu errichten. Geschweige denn die Arbeitskosten.
Da der Graf viele Geschäfte betreibt ..
.. wird es in langer Hinsicht viel günstiger für uns, da wir keine hohen Steuern mehr zahlen müssen!

DER GRAF WÄRE FRÜHER ODER SPÄTER AUF DIE GLEICHE LÖSUNG GEKOMMEN.
Mir war nicht bewusst, dass die Steuern auf die Pelze so hoch waren ...
Natürlich sind sie das. Immerhin handelt es sich um ein Luxusgut.
Aber Fräulein Mielle war ja diejenige, die den Pelz-Trend vorausgesehen hat!
하하
HAHA
HA 하...
Wir reden also nur über Steuern, da sie auf diese brillante Idee gekommen ist.
Sie ist echt beeindruckend.
Der Pelz-Trend?
응...?
HM?
...?

Oh, ähem!
크흠
HUST
크흠
HUST
Da wir nun eine perfekte Lösung gefunden haben, sollten wir mit einem Glas Wein anstoßen!
Du da drüben, bring mir den zwanzig Jahre alten Wein!
S... Sofort, mein Herr!
후다닥
FLITZ
Der Wein ist ...
힐끗
SCHIEL
Ohh!
WAS BRINGT ES MIR, MEIN WISSEN AUS DER ZUKUNFT FÜR SOLCHE ZWECKE ZU NUTZEN?
DAS PROBLEM, DAS MOMENTAN AM GRÖSSTEN IST, KANN ICH SO NICHT LÖSEN.
Vielen Dank ...
Nicht doch!
ICH WERDE LEDIGLICH ALS EIN SCHLAUES FRÄULEIN WAHRGENOMMEN.
ES ÄNDERT ALSO NICHTS AN MEINER JETZIGEN SITUATION.

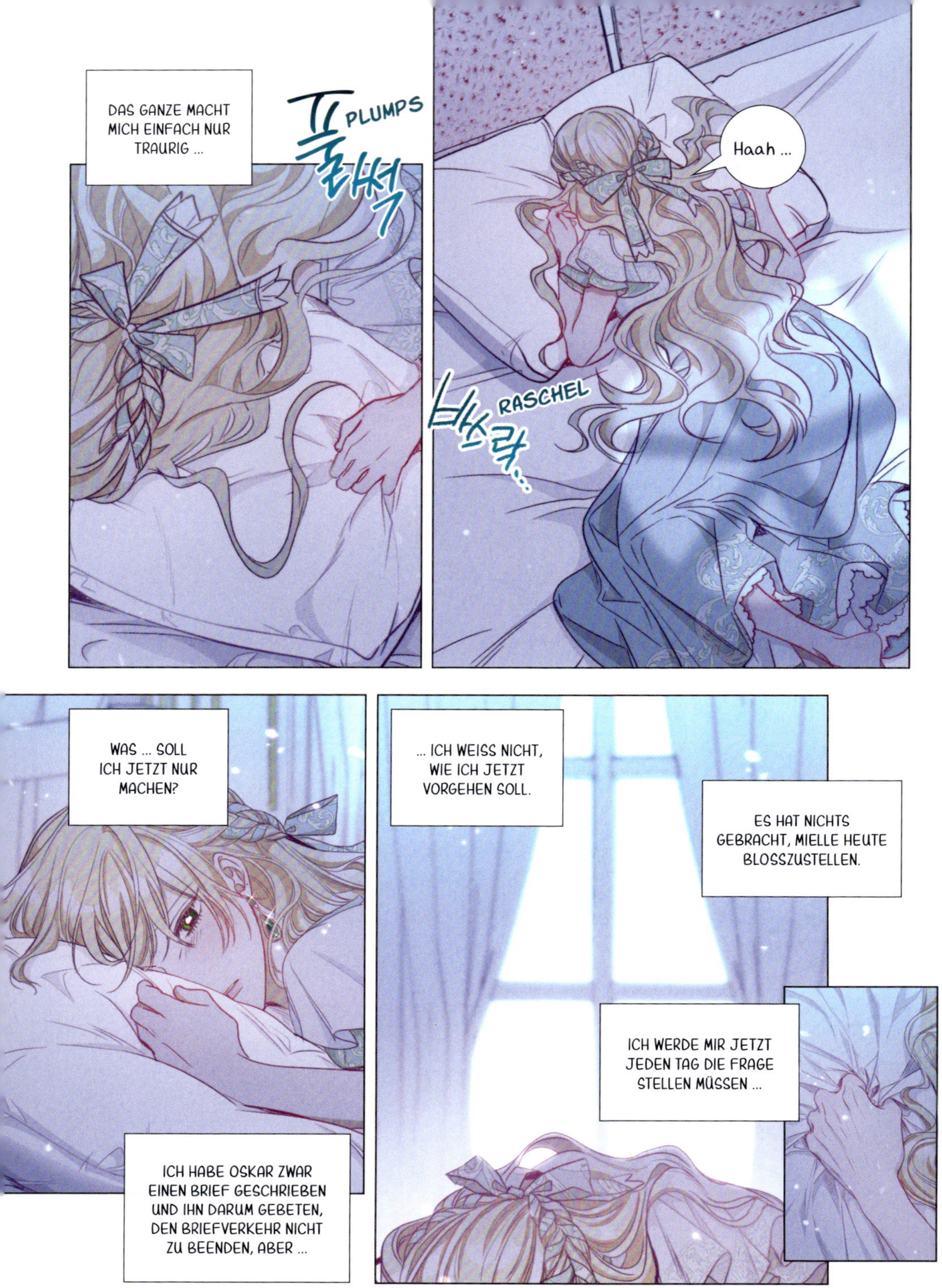

DAS GANZE MACHT MICH EINFACH NUR TRAURIG ...
풀썩 PLUMPS
Haah ...
바스락... RASCHEL
WAS ... SOLL ICH JETZT NUR MACHEN?
ICH HABE OSKAR ZWAR EINEN BRIEF GESCHRIEBEN UND IHN DARUM GEBETEN, DEN BRIEFVERKEHR NICHT ZU BEENDEN, ABER ...
... ICH WEISS NICHT, WIE ICH JETZT VORGEHEN SOLL.
ES HAT NICHTS GEBRACHT, MIELLE HEUTE BLOSSZUSTELLEN.
ICH WERDE MIR JETZT JEDEN TAG DIE FRAGE STELLEN MÜSSEN ...

... OB ICH WIEDER GEKÖPFT WERDE ...
Urgh ... Schnief ...
Schluchz ...
Schluchz ...

Auf Wiedersehen, Vater.
Richte Fräulein Isi einen Gruß von mir aus.
TACK 탁
Das werde ich.
TRAB 따그닥
다그닥 TRAB...
허어 KEUCH...
FLITZ 두다다다
Mein Fräulein!
STÜRM 벌컥!
Annie.

Kannst du nicht etwas leiser reden?
쿨
ERSCHÖPFT
E... Es tut mir leid.
HAAH
Mielle scheint wohl ausgegangen zu sein.
TACK
탁
Ja! Sie trägt Sir Oskars Kleid ...
... welches er ihr für die Geburtstagsfeier von Fräulein Isi geschickt hat!
차라란
FUNKEL
Du meine Güte!
Es ist wunderschön.
WERTES FRÄULEIN MIELLE.
ES HANDELT SICH ZWAR UM EIN SIMPLES GESCHENK, ABER ICH WÜRDE MICH DARÜBER FREUEN, WENN IHR DIESES KLEID ZUM GEBURTSTAG MEINER SCHWESTER TRAGEN WÜRDET.
OSKAR.
Es ist offensichtlich, dass Fräulein Isi auch dieses Mal dahintersteckt!
Weil das Geschenk gut war?
HAAH
콜
KEUCH
KEUCH
Genau!!!

Ja, das kann schon sein.
ABER WAS FÜR EINE ROLLE SPIELT DAS ALLES?
다그닥 TRAB
다그닥 TRAB
HEUTE IST DER GEBURTSTAG VON FRÄULEIN ISI.
ES HAT SICH BEREITS ÜBERALL HERUMGESPROCHEN, DASS SIE SICH MIT DEM KRONPRINZEN, DER BALD SEIN DEBUT HAT, VERLOBEN WIRD.
MIELLE, DIE ZUM GEBURTSTAG EINGELADEN WURDE, WIRD VERSUCHEN, SICH MITHILFE VON FRÄULEIN ISI EIN STABILES FUNDAMENT AN MACHT AUFZUBAUEN ...
... WAS MEIN TODESURTEIL IST.

Haah ...
Ich werde mich eine Weile hinlegen. Es wäre schön, wenn ihr mich nicht vor dem Abendessen wecken würdet.
Jawohl.
Natürlich, mein Fräulein.
떨컹
KLACK
Ob es ihr gut geht ...?
...

Fräulein Isi!
Hier seid Ihr also.
Herzlichen Glückwunsch zum Geburtstag.
Vielen Dank, dass Ihr gekommen seid, Fräulein Mielle.
Oh ...
Ihr seht heute wunderschön aus.
AH
Hoho, Sir Oskar hat mir dieses Kleid geschenkt ...
Hat er das?
WOW
Ich kann nicht fassen, dass dieser gleichgültige Junge so etwas getan haben soll. Er scheint Euch sehr zu mögen, Fräulein Mielle.
Du meine Güte!
Das würde mich sehr freuen.
WENN MAN BEDENKT, WIE DÜSTER ARIA, DIE GÖRE, IN LETZTER ZEIT DREINBLICKT, SCHEINT SIR OSKAR WIRKLICH GEFALLEN AN MIR GEFUNDEN ZU HABEN.
ICH BIN MIR ZWAR SICHER, DASS FRÄULEIN ISI AUCH EIN WENIG MITGEHOLFEN HAT, ABER ...

... EINE LIEBESHOCHZEIT HABE ICH SCHON LÄNGST AUFGEGEBEN.
ES WÜRDE MICH TROTZDEM GLÜCKLICH MACHEN, WENN ER MICH ZURÜCKLIEBEN WÜRDE.
LÄCHEL
Da seid Ihr ja, mein Fräulein!
Alles Gute zum Geburtstag, Fräulein Isi!
TUMMEL
TUMMEL
Vielen Dank.
TUMMEL
Jetzt müssen wir nur noch darauf warten, dass der Kronprinz sein Debut hat.
Ihr beide seid zwar im gleichen Alter, aber Männer gelten ja erst zwei Jahre später als erwachsen ...
PLAPPER
So ist es nun Mal. Männer müssen mindestens 20 Jahre lang ausgebildet werden, um als Erben ihrer Eltern erfolgreich sein zu können.
PLAPPER
Wie wäre es ...
KICHER
... wenn Ihr diese Regel so ändert, dass Männer schon mit 18 Jahren ihr Debut haben, Fräulein Isi? Sobald Ihr Königin werdet, natürlich.
KICHER
Du meine Güte! Es stimmt also, dass deine Tochter zurzeit mit jüngeren Männern ausgeht.

Ach, ich soll Euch Grüße von meinem Vater ausrichten.
Vielen Dank. Ich nehme an, dass es dem Grafen gut geht?
Natürlich. Sein Geschäft gedeiht mehr denn je.
Ich verstehe. Normalerweise sollte man Blumen wegschmeißen, sobald sie zu welken beginnen ...
... aber da der Graf sehr weise ist, vertraue ich ihm.
Ich vertraue ihm auch.
Haha
Natürlich.
Du meine Güte ...
Ist das etwa Sir Oskar?
Er scheint herzukommen!

VERBEUG
Ich hoffe, dass es Euch gut ergangen ist.
Fräulein Mielle.
SCHALALA
Ja!

Und Euch, Sir Oskar?
Mir auch.
NICK
HACH ... SIR OSKAR.
DIESER AUSDRUCK ... EUCH IST ALSO ENDLICH WIEDER BEWUSST GEWORDEN, DASS ICH DIE EINZIG WAHRE FÜR EUCH BIN.
Ihr seid ein wunderbares Pärchen!
HAHA
ERRÖT
Fräulein Isi ...!
KICHER
Fräulein Isi!!
Hm?
MURMEL
KEUCH
KEUCH
MURMEL
D... Der Kronprinz ist eingetroffen!
MURMEL
Er ist es wirklich!
Was hast du gesagt?!
Der Kronprinz?!
MURMEL

방긋
LÄCHEL
Er ist bestimmt hier, um Euch zum Geburtstag zu gratulieren!
MURMEL 웅성
Die Gerüchte um die Verlobung müssen wohl stimmen.
MURMEL 웅성
Wie zu erwarten von Fräulein Isi ...
Der Kronprinz soll hier sein, um meiner Schwester zu gratulieren?
Aber er wurde doch von den Adelsfamilien dazu gezwungen, sich mit ihr zu verloben, oder nicht?
WAS MACHT DER KRONPRINZ HIER ..?

FLATTER
FLATTER
Wir haben uns lange nicht gesehen, Isi.
DUN
H... Herzlich Willkommen, Eure Hoheit.
Alles Gute zum Geburtstag.
Vielen Dank.
Warum nimmt ein Mitglied der Königsfamilie an dem Geburtstag einer Adligen teil ...?
Möchte er etwa mit seiner Macht prahlen?
Hier bist du also.

Fräulein Mielle Roscente.
... bitte?
Komisch, bist du etwa kleiner geworden?
Ach, es liegt bestimmt daran, dass du dich gerade verbeugst.
...?!
FLÜSTER
Was passiert hier? Kennen die beiden sich?
Aber wie kann das sein?
FLÜSTER
Vielleicht hat er ja die Gerüchte über sie mitbekommen?
In welcher Beziehung stehen die beiden zueinander?
WAS? DER KRONPRINZ IST WEGEN FRÄULEIN MIELLE HIER?

Ich habe schon viel über dich gehört.
Ich bin mir sicher, dass du auch sehr neugierig auf mich bist, Mielle.
Ich habe dich so lange warten lassen, nicht wahr?
Ach ...
Wie bitte? Ich ...
Endlich kann ich mich dir offiziell vorstellen.
싱긋
LÄCHEL
Kannst du deinen Kopf heben?
Oh ...

Was? Du …
Wer bist du?

SIE IST ES
ALSO NICHT ...?!
Haah ...
ABER ...
Ich fühle mich schon viel besser ...
... WO IST
SIE DANN?!

Ja, Sir Asterope.
Ich denke nicht, dass es sich bei ihr um Fräulein Mielle handelt.
Jemand anderes?
Fräulein Aria, die älteste Tochter des Grafen, gleicht Eurer Beschreibung am meisten.
Hm? Ich dachte, dass sie von bürgerlicher Herkunft sei.
Das stimmt. Vor zwei Jahren wurde sie vom Grafen aufgenommen, nachdem er ihre Mutter, eine Prostituierte, geheiratet hat ...
Ist es überhaupt möglich ...
... dass eine Bürgerliche innerhalb von zwei Jahren so viel über das Leben als Adlige lernen kann?
흐음— HMM

Gerüchten zufolge soll sie gewalttätig sein und so aussehen, als wäre sie von einem bösen Geist besessen.
Stimmt das?
Nein
Die Gerüchte kann ich nicht bestätigen. Meiner Meinung nach ist sie das genaue Gegenteil.
Ihr meintet doch, dass sie Euch an eine Katze erinnert, nicht wahr?
Da hast du recht.
MIAU
Ihr Eindruck war ...
Ihr dabei zuzusehen, wie sie sich manchen Situationen entziehen wollte, um mich bloßzustellen, war recht amüsant ...
KICHER
ÄHM
Ich war zwar nie dabei, als ihr einander begegnet seid ...
... aber ...
... Fräulein Aria passt am besten zu Eurer Beschreibung.
HMM
Ich möchte dir glauben, da du dich monatelang um diese Angelegenheit gekümmert hast, aber ich kann es einfach nicht akzeptieren.
...
HAAH

Dann überzeugt Euch doch selbst?
Diese Woche findet die Geburtstagsfeier von Fräulein Isi statt.
Von Isi?
Ja. Es wird darüber geredet, dass sich Fräulein Mielle bald mit dem kleinen Bruder von Fräulein Isi verloben wird, weswegen ich davon ausgehe, dass sie auch anwesend sein wird.
Ihre Geburtstagsfeier …
Ich weiß, dass Ihr es nicht mögt, an Feierlichkeiten der Adligen teilzunehmen, aber wenn Ihr Euch wirklich sicher sein wollt …
Ich werde hingehen.
Bitte?!
Ich war in letzter Zeit viel zu gehorsam.
GRINS
Es ist gar keine so schlechte Idee, unangekündigt dort aufzutauchen …

Stellt dort bitte keinen Unfug an ...
Mach dir keine Sorgen.
Da ich aber an einer Feier teilnehmen werde, auf die ich nicht wirklich Lust habe ...
... werde ich dich als Strafe alle Blumen der Hauptstadt nachzählen lassen ...
ZWINKER
... falls du dich irren solltest.
Hahaha ...
Wie Ihr wünscht ...
Ihr treibt mich zur Weißglut, Kronprinz ...
ZITTER
ZITTER
...
Eure Hoheit, gibt es etwa ein Problem?

Nein.
Das gibt es nicht.
DREH
Ich wünsche dir noch einen schönen Tag, Isi.
Bitte? Ich ...
SCHWANK
FALL
Fräulein Mielle ...!
Uff ...
Fräulein Mielle! Was ist zwischen Euch und dem Kronprinzen vorgefallen?!
D... das weiß ich nicht.
SCHNIEF
ch habe ihn heute zum ersten Mal gesehen ...
Fällt Euch wirklich nichts ein ...?
SCHNIEF
SCHÜTTEL
SCHÜTTEL
TROPF
TROPF
MIST ...!

Oskar, eskortiere Fräulein Mielle ins Haus und sorge dafür, dass sie sich ausruht.
DER KRONPRINZ HAT MICH SO IN VERLEGENHEIT GEBRACHT, DASS ICH SIE ZU SEHR IN DIE ENGE GETRIEBEN HABE.
Das werde ich.
SCHLUCHZ
SCHLUCHZ
ICH DARF NICHT VERGESSEN, DASS SIE ERST 14 JAHRE ALT IST.
SIE IST STETS AN MEINER SEITE, DAMIT ICH SIE AUSNUTZEN KANN, ABER KLEINE KINDER SIND EINFACH ZU UNBERECHENBAR ...
ACH, OSKAR WIRD SICH GUT UM SIE KÜMMERN.
PLAPPER
FLÜSTER
PLAPPER
DREH
ER KANN EINFACH NICHT ANDERS, ALS BEMITLEIDENSWERTEN MENSCHEN ZU HELFEN ...
... ALSO HOFFE ICH, DASS ER DIE SITUATION ALLEIN KLÄREN WIRD.
MURMEL
Hohoho!

Seiner Hoheit scheint es hier nicht gefallen zu haben.
Dann bleibt mir wohl nichts anderes übrig ...
... als euch alle das nächste Mal in den königlichen Palast einzuladen.
HOHO
HAHA
Hahaha
Wie zu erwarten von der zukünftigen Kronprinzessin!
Wir werden den königlichen Palast sehen können!
FLÜSTER
Er scheint in letzter Zeit recht gehorsam zu sein, nicht wahr?
Dem stimme ich zu. Er hat bestimmt ein Gespräch mit Fräulein Mielle angefangen, weil es ihm unangenehm war, mit Fräulein Isi zu sprechen.
FLÜSTER
Er ist naiver als wir dachten.
VERBEUG
Finde heraus, was zwischen Mielle und dem Kronprinzen vorgefallen ist.
ICH HABE EIN UNGUTES GEFÜHL ...
WO HABEN DIE BEIDEN SICH GETROFFEN UND WAS IST PASSIERT ...?

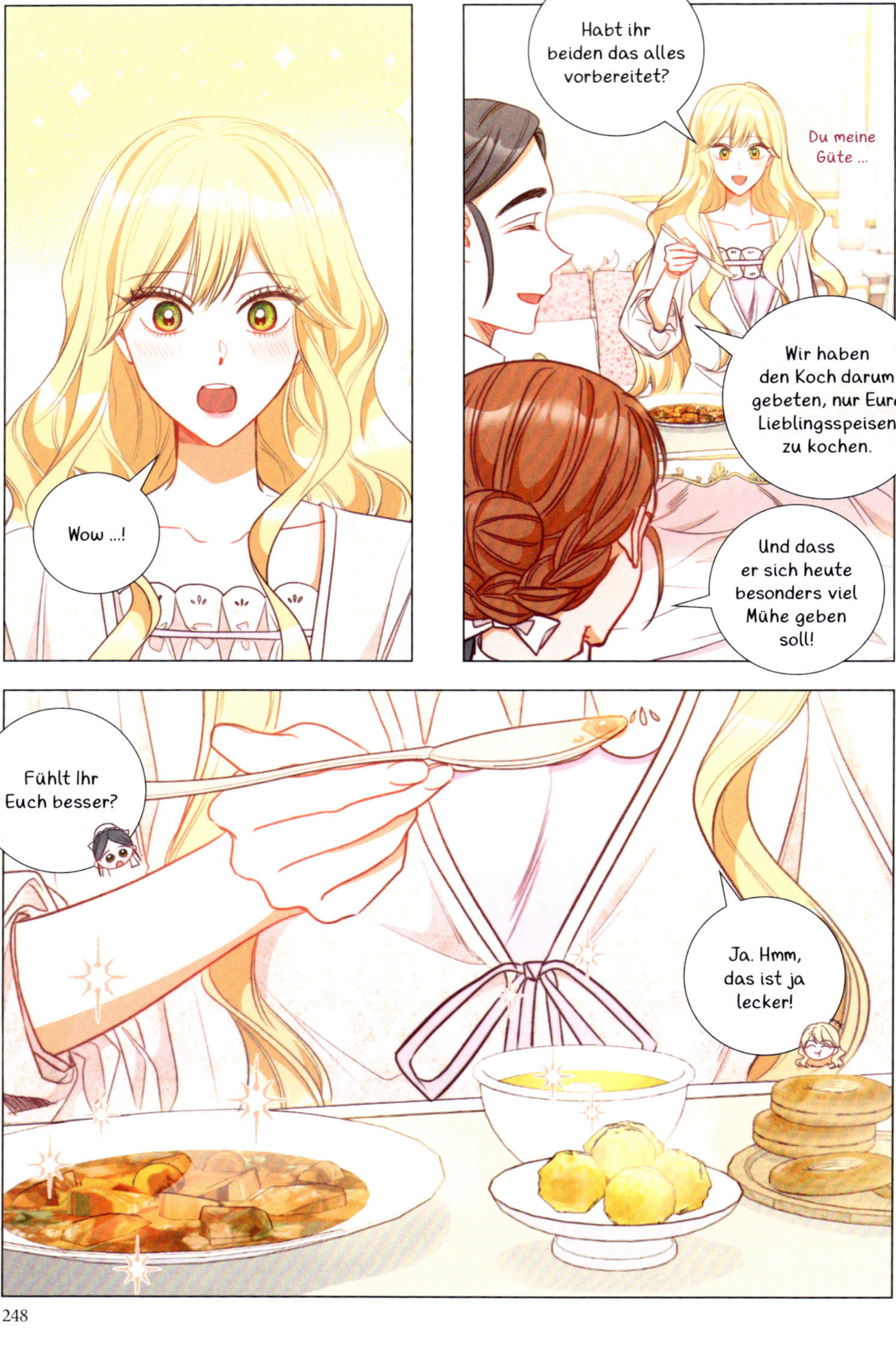
Habt ihr beiden das alles vorbereitet?
Du meine Güte ...
Wow ...!
Wir haben den Koch darum gebeten, nur Eure Lieblingsspeisen zu kochen.
Und dass er sich heute besonders viel Mühe geben soll!
Fühlt Ihr Euch besser?
Ja. Hmm, das ist ja lecker!

Das stimmt. Egal, welche Steine sich mir noch in den Weg legen sollten, ich werde immer leckeres Essen serviert bekommen.
Lass dich nicht von deinen Emotionen unterkriegen.
Nehmt euch doch einen Macaron.
Nicht do...
Dürfen wir?
Solange ich sorgfältig darüber nachdenke, werde ich schon noch eine Lösung finden.
Genau, so optimistisch, Aria.
Wie geht es Euch?
DU
DUN
Es tut mir leid ... Ihr hättet mich nicht nach Hause bringen müssen ...
Nicht doch. Ich habe mir Sorgen um Euch gemacht.
Was ist passiert? Warum bist du erst so spät zurückgekehrt?

Ich bitte um Entschuldigung.
Fräulein Mielle ist eingeschlafen, da auf der Feier etwas passiert ist und sie unter Schock stand. Es kam mir nicht richtig vor, sie zu wecken ...
Immerhin seid ihr beide noch minderjährig und unverheiratet.
Es tut mir leid, Vater.
Ich verstehe ... nächstes Mal möchte ich aber, dass mir Wort erteilt wird.
파스스-
ZITTER
Es tut mir leid.
Dann werde ich mich jetzt verabschieden ...
Ich kann dich doch nicht zu so später Stunde noch zurückschicken.
Wir haben dutzende Gästezimmer, bleib doch eine Nacht.
FUNKEL
FUNKEL
FUNKEL
Bitte. Sonst mache ich mir nur Sorgen um Euch ...
... Dann werde ich bleiben.
Komm doch mit rein.
Ich werde einen heißen Tee und Wechselklamotten vorbereiten lassen.
FLITZ

OSKAR!!
DUN
DU HAST MICH NICHT MAL EINES BLICKES GEWÜRDIGT!
HAT UNSERE BEZ EHUNG WIRKLICH EIN ENDE GENOMMEN?
FLITZ
두다다다다
DIE REALITÄT IST EINFACH SO ENTTÄUSCHEND
우아아아아아
UWÄÄHHH
ICH DACHTE, ICH HÄTTE ALLES UNTER KONTROLLE!
풀썩
PLUMPS!
SCHLUCHZ

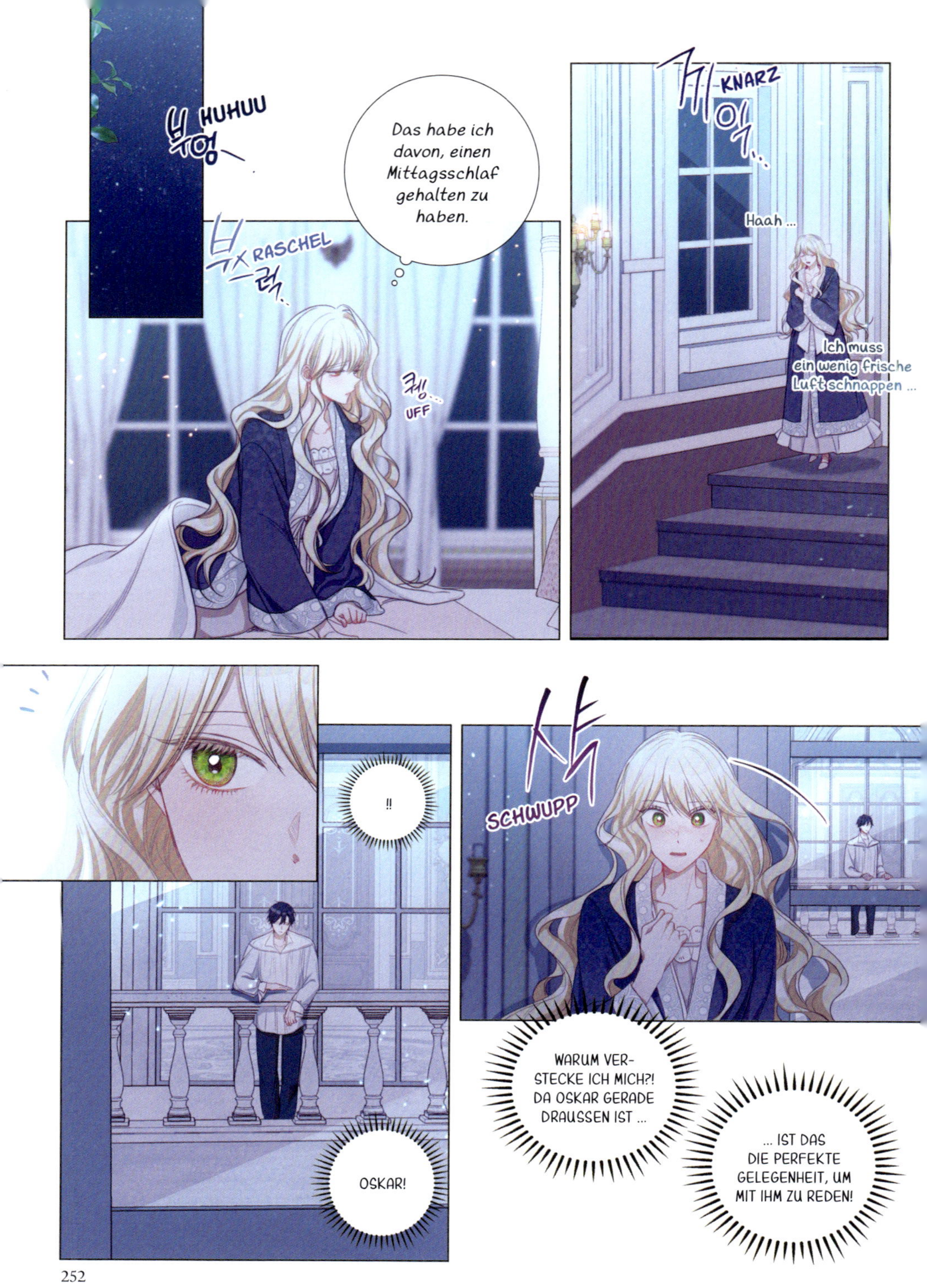
HUHUU
RASCHEL
Das habe ich davon, einen Mittagsschlaf gehalten zu haben.
UFF
KNARZ
Haah …
Ich muss ein wenig frische Luft schnappen …
!!
OSKAR!
SCHWUPP
WARUM VER-STECKE ICH MICH?! DA OSKAR GERADE DRAUSSEN IST …
… IST DAS DIE PERFEKTE GELEGENHEIT, UM MIT IHM ZU REDEN!

QUIETSCH
FLITZ
DIE SANDUHR!!
UM
DREH
OH ...
NEIN!

HAAH
하아...
Sir Oskar ...
HAAH
HAAH
HAAH
...
Fräulein Aria ...?
Bitte ...
... lasst mich nicht im Stich ...
KULLER
HM?
WARUM WEINE ICH DENN ...?
Ich bitte Euch ...
OSKAR!

FORTSETZUNG FOLGT ...

Aria & Die goldene Sanduhr der Zeit 02
von: Antstudio and SANSOBEE

1. Auflage 2023
Deutsche Ausgabe/German Edition

Aus dem Koreanischen von Nina Gliese

Programmleitung: Lea Heidenreich & Michael Schuster
Redaktion: Lea Heidenreich
Layout & Lettering: Studio MAKMA
Druck: Silber Druck

Print-ISBN: 978-3-910530-53-9

www.papertoons.de – Juli 2023